TO

ある殺人鬼の独白

二宮敦人

JN108892

TO文庫

目次

ある殺人鬼の独白

殺人者の記録を集めています。

そう言うと、だいたいは困ったような顔をされるのです。そんなものどうするんだ、何が楽しいんだと。悪趣味だと苦笑されることも。ですが私に言わせれば、どうして多くの方が殺人者に興味がないのかわかりません。

よほど自信がおありなんでしょうね。

一生、殺されることも、殺すこともないと。

私は恐ろしいですよ。毎日、いつ殺されるか、あるいは殺してしまうかとびくびくしています。幸いこれまでの何十年かは、そんな目に遭わずにやってこられました。ですが人生はまだ続く。あとどれだけ生き延びられるのか、全く自信がない。

確かに私は少々、怖がりすぎるかもしれません。ですが、皆さんもまた、怖がらなすぎると思います。

いいですか。人は人を殺せるんですよ。虫でも草でも獣でも、人間はあらゆる命を好き勝手に奪っているじゃないですか。人だけが例外なわけがないんです。そもそも人類の歴史は、殺し合いの歴史でもありました。戦争に次ぐ戦争。人が人を殺していない時代の方が短いのです。私たちはその生き残りの末裔《まつえい》。ですからみな、間違いなく暴力の血が混ざっているのですよ。

なぜ今殺されていないのか、殺していないのか。それはただ幸運だったから。あるいは豊かさや、恵みによって、たまたまスイッチが入っていないから。

そう、私たちの中には、スイッチが今も残っているのです。

埃をかぶってはいるけれど、押せばまだ、正常に動くスイッチが。

何かの間違いでそれが入ったら。何か一つバランスが崩れれば、何か一つ……。

いいですか、危険なのです。私たちは常に、殺人の危険に晒されているのですよ。

毒キノコを避けるには毒キノコについて知らなくてはならないし、病気を治すには病気について知らなくてはならない。ならば、殺人に関しては？　そういうことです。殺人なんて自分とは一生無縁なはず、と思い込むのは、寒風の前に裸で立つのと同じです。あまりにも無防備なのです。

殺人者について調べ、知り、実体を確かめるべきなのです。間違っても、自分や他人のスイッチを押すことがないように。

私は、殺されないし、殺しません。少なくとも、皆さんよりはずっと。なぜなら殺人者の記録を集めているからです。たくさん、山のようにたくさん。

今からでも遅くありません。皆さんも、私の集めた記録に目を通し、十分に理解を深めることをお勧めいたします。

そうすることでしか、見えないものがあるのですから。

故障

俺は人殺しだ。

女の顔面をボコボコに殴りつけてぱんぱんに腫れ上がったところで犯し、首を絞め、そのまま縛り上げて冷蔵庫に放り込んだ。つい先週の話だ……つまり、あいつはまだアパートの台所、冷蔵庫の中に入ってる。賞味期限の過ぎた牛乳一本と、しなびた人参と缶ビールも一つ、一緒にな。霜取り機能もないおんぼろだから、ゆっくりと表面に露がつき、湿っていくだろう。アルミ缶の表面とか、あいつの二度と閉じられることのない眼球とかに。

罪の意識はないのか、なんて聞かないでくれよ。

俺はそれ以前なんだ。

ああ、最初に確認しておく。あんた、女か？　二重まぶたじゃないだろうな。二重まぶたの女なら、不用意に俺に近づくなよ。間違っても顔を見せるな。俺は疲れるし、あんたは殺される。

お互いに損だ。

女を殴るようになったのは、数年前からだ。

当時俺はホストで、夜の街で出会ったキャバ嬢と付き合ってた。丸顔の可愛い女だったよ、化粧も上手だった。だけど、俺は化粧を落としたあとの方が好きだった。一重まぶただったからな。

俺は昔から、一重まぶたの女がタイプなんだ。少しこう、切れ長で、まぶたがぽてっとした感じのがいい。眠そうに見えるくらいだと最高だ。そういう女を抱くのが興奮する。

それは再三相手にも伝えていたはずなんだがな。ある日家に行くと、あいつは二重まぶたになってやがった。整形したんだ。話を聞くと、俺に一重まぶたを褒められるたびに、申し訳なかったんだと。無理して言ってくれてる、と思ってたんだと。コンプレックスが一つなくなって嬉しい、これからはもっともっと綺麗になるから楽しみにしててね、だと。こうも話の通じない、頭のおかしい馬鹿がいるもんかね？

今思えば、そこで「あっそ」と別れるべきだった。

一重まぶたしか価値のない女だった。それが失われた時点で、俺の関心はなくなっていたんだから、もう何も言うべきじゃなかった。だが、疲れてたんだな。ついイライラして、ぶちキレちまった。俺は怒鳴った。一言の相談もなく余計なことをしやがって、と。

相手も黙っちゃいなかった。

私が私を整形するのに、なんであんたの許可がいるのさ。

言い争いがヒートアップするうちに、相手が爪を立てて腕を引っ掻いてきたもんだから、俺の頭にも血が上った。ぶん殴った。面白いくらい見事に、顔面に拳がめりこんで、女は呆《ほう》けた顔でよろめいた。何発か、殴り続けた。女は倒れて、動かなくなった。ついでに数発ぶちのめして、そのまま酒を飲んで寝た。

驚いたのは、翌日起きてきた女の顔を見た時だ。

顔がぱんぱんに膨れ上がってたんだ。赤黒くなって、熱も持って、何て言うんだ？　ほら、歴史の教科書とかに載ってる……昔の、古い……遮光器土偶？　あんな感じになってた。その見事な一重まぶたときたら！　惚れ惚れするくらいだった。

完璧な容姿の人間に会ったことがあるか？　何から何まで百パーセント理想通りの外見を見たことは？　ないなら幸福だな。もちろん俺だって、漫画でもあるまいし、そんな相手がいるわけないと思ってた。だが、目の当たりにすると認めざるを得ないよ。

意志とか理性とか、そんなものはどこかに吹き飛んでいった。俺は半ば自動的にふらふらと近づいていって、何かうわごとを言っている彼女を抱きしめた。女は熱が出ているらしく、具合が悪そうにたたらを踏んだが、それがまたセクシーなんだ。

性器が痛いくらいに勃起し、びくびくと脈打ち、先端からはもう液体が流れ出ていた。俺は相手をねじ伏せて行為に及んだ。

相手？

さあ、抵抗していたかもな。忘れた。もちろん濡れてなんかいやしない、だけど俺が濡れているから問題はなかった。いや、素晴らしかったね。仕事や遊びで女と寝ることはある。だが、あんな恍惚の体験は初めてだった。顔の腫れ上がった女は美しく、ひたすらに官能的で、性愛をつかさどる精霊か何かのようだった。俺はただのつまらない人間。しかし、相手の性器に性器を差し込むことで、一つになれる。一つの美、一つの官能、一つの大自然になって、台風のように暴れ回り、虹のように吹き上がって、深海の奥まで沈み込んでいった。

何度やったかわからない。

少なくとも丸二日は続けていたと思う。

相手の顔が治癒しないように、時折殴りつけながら、やった。抵抗したり、逆らったりするたびに、殴った。飯は食わなかった。水も飲まなかった。便所にも行かなかった。そんなことができるのかと聞かれると、正直自信はなくなるが、でもその時には実際にできた。体位？　そんなもの変えない。正常位で、ただひたすら相手の顔を見つめながらやった。

気づいた時には、そいつは死んでいた。

これが最初の殺人だ。


おぞましい？　そうなんだよ。

死体を前にして冷静になったとき、急に怖くなった。さっきのは何だったんだ？　俺が俺じゃないみたいだった。こんなの普通じゃない。体が性欲に支配されていた。度を越えた美ってのは、正気を失わせるものなのか。

怖かった、凄く怖かった……。

人を殺してしまったことじゃない。さっき自分の身に起きたことが怖くて仕方なかったんだ。俺は女を冷蔵庫の中に苦労して運び込むと、逃げ出した。もうその部屋には戻らなかった。

まあ、杜撰《ずさん》な殺人だったろうな。だが、あまりにも杜撰過ぎたせいか、俺は捕まらなかった。元々身寄りもなかったからな。追う側も手がかりがなかったんだろうよ。日本中、あちこちを逃げ回り、金がなくなれば適当に働いて、飽きれば別の場所に移った。俺は、自分で言うのもなんだが可愛い顔をしているんだ。寄ってくる女には困らなかったし、中には家に泊めてくれたり、勝手に金を持ってきてくれる女もいた。

一生ここにいてもいい、とよく言われたよ。

だが、俺にはヒモとして決定的な問題があった。

全然ちんこがたたねえんだ。

というのも、あの土偶との行為があまりにも気持ち良すぎた。あれを濃厚なカスタードクリームだとするなら、他の女との行為は米の研ぎ汁。もう舌が受け付けねえんだよ。それでも頑張って、なんとかやろうとはしてみるんだが、感じがまるっきり違う。必死になって発射してもあんまり楽しくないんだ。疲れが溜まるだけでさ。まだ、土偶を思い浮かべながら一人でする方がマシな有様だった。

俺は恋ってものが何なのかよくわからないが、もしかしたらあれが恋だったのかもしれない。朝から晩まで、あの土偶、腫れた一重まぶたのことを考えてしまう。もう一度会いたいと思い焦がれる日もあれば、どうして俺をこんなに苦しめるんだ、と恨む日もあった。いくら土偶を想い、探し回ったって意味がない。この世には存在しないのだから。

ただ、土偶を召喚する方法は一つだけあった。

その日、仕事から帰ってきた女は少々機嫌が悪かった。俺も我慢の限界が来ていた。性欲の、だが。すぐに喧嘩になり、俺は女を殴った。殴り続けた。とはいえ、いつかよりも遥かに冷静だった。手首のスナップをこう、きかせて、より顔が腫れ上がるように、内出血するようにと意識して叩いた。何度も何度も、相手が抵抗しなくなっても、倒れて動かなくなっても続けた。何時間も、手の感覚がなくなっても、俺はやめなかった。期待に胸を膨らませながら、俺は女を殴った。

だが……思惑通り、相手の顔はぱんぱんに腫れ上がったが、何かが違った。あまり美しくない、というより、はっきり言ってただの怪我人だった。それでも普段の女よりもマシだったから犯してはみたが、まるで満足などできなかった。俺は救急車を呼び、その場からまたも逃げ出した。

何が違ったんだ？　同じようにやったのに？

俺はただ、ひたすらに困惑していた。


答えに辿り着いたのは、三人ほど同じように殴り潰してからだ。

顔をぱんぱんにすればいいわけじゃない。二重まぶたじゃないとダメだったんだ。

ああ、いや、わかりやすく言い直そう。

「二重まぶたの女を殴り、腫れ上がって一重まぶたになった状態」じゃないと興奮しないんだよ。

それがわかった時は、めちゃくちゃ嬉しかった！

嬉しくて嬉しくて、泣きながら相手を犯しまくったよ。ずっと砂か土ばかり食わされて飢え死に寸前だった野犬が、ようやく血の滴る生肉を与えられたとでも言おうか。俺を満たしてくれるものが存在した喜びに、感謝を叫びながらひたすら腰を振った。

二重まぶたの、くりっとした目。邪気のない、純真そうな瞳。それが殴るたびにうっ血し、腫れ上がり、やがて細くてキツネのような一重まぶたに変わっていく。その奥から俺を見つめる、弱々しく昏《くら》い光。これこそが美だったのだ。俺の欲望をマグマのように煮え立たせるのだ。

意味はわからなかった。だが、状態は理解できた。

それから、俺は自ら求めて動くようになった。即ち、餌食となる二重まぶたの女を探し、積極的に殴り、土偶を召喚するようになったのだ。はは、立派な連続殺人犯だ！　それも凶悪な！

……わ、わかってる。

お前の言いたいことはわかる。俺は、まともじゃない。

だが頼む、俺の話を聞いてくれ。最後まで聞いた上で、俺をどうこうしてくれ。何をしたって構わない、殺したっていい。お前がそうしたければそうしていいんだ。そこにナイフもあるからな。

俺は怖かった。

まともじゃなくなっていく俺が怖かった。どうしてだ？　ついこの間まで俺は、ただの一重まぶたが好みの、一人のホストに過ぎなかった。仕事終わりに肉多めの牛丼を食うのが楽しみで、付き合ってる女はすぐに鞄だの指輪だのをねだるのがうっとうしいが、たまに手料理なんか作ってくれるのが可愛い奴だった。ホストクラブにはむかつく先輩も、使えない後輩もいたが、まあまあうまく回っていたし、たまーに太客がドカンと金を使ってくれた後のお祭り騒ぎは、嫌いじゃなかった。趣味？　これといってないけど、バッティングセンターは好きだ。あとはジグソーパズルか。あんま得意じゃないけど、あれ、いじってると妙に楽しいんだよな。

どうしてだ？　なぜこんなことになっちまった？

だって土偶だぜ。無理やり破壊した、醜い、汚い顔だ。血と唾液がこびりついた、赤黒い肌。そんなものを見てどうして興奮するんだ。どうして魔法にかかったみたいに我を忘れちまうんだ。自分が自分でなくなっていくみたいで、怖かった。怖くて怖くて、土偶のことを忘れたくて、また女を殴ってしまう。なぜなら土偶に性器を夢中でぶち込んでいる時だけ、土偶のことを忘れていられるからだ。いかれてるよな。

だが、後戻りする気もなかった。

何かに近づいてる、不思議とそんな確信があったからだ。

女を殴り、犯し、殺す。次から次へと。これを続ければ、俺はどこかに辿り着く。普通の人間には辿り着けない、至高の美しさに届く。何かが、俺の中でそう訴えていたんだ。

その何かに追いまくられるように、俺は必死で生きていた。誘い出しやすい二重まぶたの女を見つけるために、毎日努力していた、と言ってもいい。どういうわけか、そうしなくてはならなかった。


あの日のことは今でも鮮烈に思い出せる。

俺は冷たい飲み物が欲しかった。

あいにく買い置きはなかったから、飲みたきゃ外に行くほかない。俺は財布を手に、外に出た。午後三時くらいだったな。外は暑くて、汗をだらだら流しながら、俺はスーパーに向かった。滅多にそんなところで買い物はしないんだ。だいたい、コンビニか自動販売機だからな。だがその日はたまたまスーパーに行く気分になって、それが功を奏した。

運命の出会いを果たしたんだ。

レジ打ちをしていたバイトのおばさん。別に美人でもなく、若くもない、野暮ったい感じなんだが、目だけが子供みたいにぱっちりとした二重まぶたでな。脳に電撃が走ったようだった。そうか、俺は今まで若い女や、水商売の女にばかり声をかけていた。こういう方向性は考えてもみなかった。だが、こっちの方がより正解に近いと、全身の細胞が大合唱しているのが聞こえた。

俺はスーパーを出た駐車場の隅に座り込み、彼女のバイトが終わるのを待った。

……そして。

うう。いつものように。声をかけて……。誘い、出して。あ、いや。別にどうというわけじゃない、ただ、寒いんだ。わざとじゃない、歯が鳴っちまうんだ……。く、食いしばらないとな。歯が。

あの冷蔵庫のある部屋に、女を……あれこれ、丸め込んで。慣れたもんだよ。そして脱がせるんだ……。

悪い。ちょっと休ませてくれ。

凍り付きそうだ……。

……ああ。大丈夫だ。

醜い裸だったよ。腹はたるんでるし、あちこち染みができてて、胸は垂れていて、乳首は黒くてでかかった。三段腹のへそに、毛が生えてた。照れている様子だったが、そんな顔をされてもな。だが俺の胸は期待で高鳴っていた。もう少し。もう少しで……何かに手が届く。

俺の性器はもう、がちがちに勃起してた。前戯を適当に終わらせると、俺は一つ生唾を飲み込んでから、殴りつけた。

みるみるうちにその顔が変わっていく。血が飛び散り、歯が吹っ飛んでいく。締め切った室内に悲鳴が幾度もこだました。おそらく熱中症の患者でも運んでいるのだろう、救急車のサイレンが聞こえて、ドップラー効果を起こしながら遠ざかっていった。性器が爆発するんじゃないかと思った。だって、もうこれ以上ないくらい固くなっているのに、殴りつけるたびに、悲鳴が上がるたびに、顔が腫れ上がるたびに、ぎゅっ、ぎゅっと血が集まってくるんだぜ。痛いくらいに気持ちが良かった。代わりに頭や、体から血がなくなっていく。貧血に近かった。そして、寒かった……。体温が下がる、どんどん下がり続ける……。

そ、それでな。

二重まぶたが肉に埋め尽くされ、一重まぶたになっていくだろ。ついにあの土偶が、姿を現したんだ。完璧な土偶だ。

その顔を見て、俺ははっきり思い出した。叫んだ。わけもわからず、絶叫した。

お母ちゃん、お母ちゃん、お母ちゃんって。

おかあちゃーーーんって！

大声で、叫んだんだよ！　ギャアアアアア！

……俺さ。

みなしごなんだ……言ったっけ？

施設で育ったんだけどな。ある日、俺を引き取りたいって人が現れた。お金持ちで、昔は幼稚園の園長先生やってたとかで、社会的にも立派な人なんだよ。施設の応接室でその人に会った。とても優しくて、上品で、柔らかく話す人だった。

色白で、少し太り気味だったけど、それもまた穏やかな印象になってた。ほっぺたがぷよぷよしてて、赤みがかってて。ぱっちりした二重まぶたの目は薄い茶色で、どこか外国の人みたいな雰囲気があった。

いい人だったよ。

腹一杯食べさせてくれるし、少しも怒らないし。玩具《おもちゃ》はたくさん買い与えてくれる。その人、俺にお母ちゃんって呼ばせるんだ。いつでもお母ちゃんって呼ぶように、何度も何度もしつけられた。他の呼び方はなぜか、許されなかった。

夜になると俺のベッドにやってくるんだ。

ふわふわした、柔らかい素材のパジャマ着てさ。「お母ちゃん」って呼ばせながら、俺の服を脱がすんだ。その時、やつの表情が変わる。愛想のいい二重まぶたが、肉の合間に埋もれていく。分厚い一重まぶたが、半月状に歪み、僅かな隙間から下卑た光が漏れ出ている。そして、あいつは俺の下半身を舐め回す。俺の性器を、まだ勃起もしないふにゃふにゃのそれを、執拗にいじくり回すんだよ。化粧品か何かのきつい匂いを漂わせながらだ。やがてのしかかってきて、それから夜中ずっと……。

うげぇっ……。

……。

きもちわりぃ……。

ふふ。

わかるかよ？

俺は今、吐いた。胃液だけの酸っぱいゲロだ。それくらい気分の悪いことを思い出していた。だけど見てみろ、俺の性器を。嬉しそうに、ぎんぎんに勃起してるんだ。射精したくて、射精したくて、たまらないんだ。吐き気がするほど、射精したくないのに。

なあ、何なんだこれ？　笑っちゃうよ。

教えてくれよ。何でこんなことになるんだよ、これが現実だって言うのなら、この世界は狂ってるんじゃねえのか？


俺が大きくなったら、あの女は俺に一切興味を持たなくなった。別の玩具を探して、あちこちに出かけていっては物色している様子だったよ。最初のうちは反抗したり、気を引こうとしてみたり、したけどな。やがて諦めて、俺は家出した。あちこちにアルバイトの申し込みをして、大抵は断られたが、一つのホストクラブだけが拾ってくれた。年齢を偽って、俺はそこで働き始めたんだ。それ以来、すっかり忘れていた……忘れるようにしていたんだろうな。余計なことを、掘り出しちまったわけだ。

同情を買うつもりはないよ。

俺にどんな過去があろうが、俺のやった犯罪は変わらない。

いや、そもそも俺は罪だとか、悪だとか、これっぽっちも意識しちゃいないのさ。

だってそうじゃないか？

蜻蛉《とんぼ》の羽をもいでみるといい。

蜻蛉は、一所懸命に羽ばたこうとする。土の上で、なぜ自分が飛び上がれないのかもわからないまま、必死に背中の筋肉を震わせ続ける。

蟻《あり》の片足をちょっと折ってみたらどうだ。

蟻は足を引きずって、よろよろ歩いていく。真っ直ぐ歩けないから、同じ場所をぐるぐると回っている。どうして巣に帰れないのか。どうしてみなについていけないのか。蟻にはわからない、ただ必死に体を動かすだけだ。間違った方向へと。

俺もそうだ。気づかないうちに、俺は壊されていたんだよ。あいつの手によって。性器や、性交に関する神経、回路みたいなものを破壊されてしまったから。繋ぐべきではないところに、繋ぐべきではないものを繋がれてしまったから。だから俺は真剣に女を求めても、間違った方向にしか進めなくなってしまった。

これは悪なのか？

羽がとれて飛べなくなった蜻蛉は悪なのか、足が折れて巣に帰れない蟻は悪なのか。まあ悪なのかもしれないな。集団からみれば、個の理由なんて関係ない。決められた仕事を果たさないやつは、社会の構成員として失格だ。排除されてしかるべし。

だが、そういうことなら悪とは、品質基準のようなもんだ。一定の質を満たしていれば善、そうでなければ悪。ご大層に道徳とか言うけれど、その程度のものさ。

いいんだ、善のあんたらは、俺を何と罵倒してくれてもいい。好き放題、傷つけてくれて構わないぜ。殺したっていい。さっきも言ったけどな、あんたらにはその権利がある。心の準備はしておくべきだろうけどな。あんたも、何かの拍子に故障したり、質を満たせなくなったら、悪に転がり落ちるってこと。品質が低いから死刑ねって言われても、断る権利はないってこと。

それから、すでに故障している俺に何を言ってくれようが、こちらとしてはどうしようもない。悪いけど。俺に償いとやらをさせたいなら、まずは故障を直してくれ。そうでなければ俺を壊したやつに文句を言ってくれ。俺を壊したやつも、誰かに何かを壊されていたのかもしれないけど。

とにかく、俺が言いたいのは……。

できれば故障したくなかった、それだけだ。

俺が普通の品質だったら、どんな人生だったろう。これまで殴り殺してきたやつらとも、違う関係だったはずだ。いわゆる普通の関係、普通の恋愛ができたのかもな。今となっては、それがどんなものなのか想像することすら難しいよ。

どんな感じなんだろうな……。

今の俺にできるのは、みんなが俺と同じだったら、という想像くらいだ。そうなったら、きっと楽しいだろうな。

俺には好きな女の子がいて、その子も俺のことが好きなんだ。で、ご飯を食べたら、一緒に殴り合う。手首のスナップをきかせて、目の近くをバシバシ叩く。このへんまだうっ血しきってないよ、と指さしたりして。手加減しなくていいよ、目の前がちかちかするくらいに、お願いね。そう可愛い声で言うんだ。ぱんぱんに腫れた顔を見つめ合って、土偶同士、にっこり笑って合体する。一方通行でもあれだけ心地よかったのだから、一緒にできたら最高だろうな。二人で絶頂を迎えたあとは、念のためにアイシングをしつつ、鼻血を拭いて、落ちた歯を拾って。それから添い寝したまま、思い出話をする。

俺を壊したお母ちゃんについて、色々喋るんだ。涎《よだれ》が気持ち悪かったとか、目の端にできものがあったとか。だけど公園に行くとずっとぶらんこを押してくれたり、砂場ででっかい城を作ってくれたりとかさ。すると相手も、自分を壊したお父ちゃんの話をしてくれる。気味の悪い面と、だけど優しい面。そう、その二つが合わさってんだよな。俺たちは、子供が生まれたら、きちんと壊してあげられるような親になろうねと誓い合う。俺は彼女の腹をそっと優しく撫でてやる……。

どうだい？

なんか俺、泣けてきちゃったよ。想像だけでだぜ？　人生、色々と苦しくても、誰かと同じこと、孤独じゃないって、いいもんだろうな。

気持ちを分かち合えるだけで、前向きになれるだろうな。

でも、俺は壊れてるもんな。こんな想像、あんたらからすると色々と間違ってるんだろう？　俺にとっては、これでも美しい夢なんだよ。独りぼっちで壊れたままの今よりは。

話を聞いてくれてありがとう。

俺はもう、こんな現実を前に生きていく気力が湧いてこない。だから死のうと思ってる。ナイフはそのために用意した。

自殺する、とはちょっと違う。

つまりだな、俺の考えはこういうことだ。

テレビとかも、壊れたら配線をこう、いじれば良くなったりするだろ。ここまできたら、もう線を切り替えるしかないと思うんだよ。つまりここだ……俺の脳みそから、俺の下半身、性器まで、神経が繋がってるだろ。この配線がおかしいから、俺は全部おかしくなっちまった。ならば一か八か手術してみようというわけ。

プツッと切って、プツッと繋げる。

案外それでうまく行くんじゃないか？

今、俺の前をずっと覆い隠している、この土偶女のにやつき。血が性器に集まって、青ざめていく感覚。そんな不気味なノイズがさーっと晴れ渡って、すっきりと青空が見えて……。

蜻蛉は自由に飛び回り、蟻は列を成して花の蜜を探していて、俺も誰かと一緒に手を繋いで、それを見ている。

そんなところに行けるんじゃないかな。

行けたらいいな。

今、首元に刃を当てている。冷たくて、重くて、鳥肌が立つ。

故障しているのはどのあたりだろう。少しずつ刃を動かしながら、俺はそっと探る。

ここか。もう少し下かな。この、奥あたりじゃないかな。うん、何となくそんな気がする。

さて。

平真知（たいら・まち）

連続殺人犯。数年に渡り、主として東日本で女性を襲い、少なくとも三件の傷害事件、八件の殺人事件に関与したとされる。必ず顔面を執拗に殴打してから強姦する手口の凶悪性は他に類を見ず、市民を怒りと恐怖に陥れたが、未解決のまま事件は収束。二年後に平のものと思われる白骨死体が須田羅山（すたらやま）中腹にて発見された。

栄光

ヒーローに憧れるのは、どうしてでしょうね。

男だったら誰でも、いや、男女関係なく誰でも、光り輝くものに引きつけられ、近づきたいと思うんじゃないですか。そりゃもちろん、自分がヒーローになれるなら一番ですよ。だけど、人間いつかは気づくじゃないですか。自分は所詮凡人なんだって。努力すれば多少は成長するけれど、その間に他の奴らも努力しているもんだから、結局それほど差はつかない。一生、ずば抜けた存在にはなれない――ヒーローになんか、なれやしない。

そんな時に、榊さんみたいな人に会ったら、嫌でも引きつけられちゃいますよ。この世には他人の価値観を変え、人生を歪めて引き寄せてしまう、それくらいの重力、力場を持った人間がいる。自分がそうなれないのなら、せめてそういう人の近くにいたい。そう思うのが、当たり前なんです。

こんなこと、榊さんには、言ってもわからないかもしれませんが……。

え？　あ、すみません。

そうですね、確かに。いつもはこんなにぺらぺら喋る方じゃないんですが。やっぱり、興奮しているのかな。だって今日は、記念すべき日ですから。

あ、半ドアですか。これでどうですか。ＯＫ。

はい、出してください。シートベルト？　細かいですね……いえ、嬉しいんですよ。榊さんに体の心配をしてもらえるなんて。俺も、それだけの存在になれたんだなって。

はい、ちゃんとつけました。

お……さすが高級車。ほとんど揺れないですね。運転しているのはカズさんか。何だか夢みたいです。こうして榊さんと肩を並べて、車に乗っているなんて。

あ、血、ついてませんか？　シートを汚したら大変だ。一応シャワーは浴びて、服も着替えてきたんですが。暗くてよくわからないな……変なところに血がついたら、そこから警察に手配されて、榊さんにご迷惑がかかったりしませんかね。いや、わかんないですけど。科学捜査とかで、殺された人の血を辿って捕まえるとか、そういうのあるんじゃないですか。心配しすぎ？　そうですか。榊さんがそう言うなら安心だ。

はあ……。

夜景が、綺麗ですね。

ええ、確かに。でも、今日はやけに輝いて見えるんです。一軒一軒の窓が、宝石みたいだ。高層ビルは、ダイヤがちりばめられたアクセサリーかな。信号は、三色の宝石つきの指輪。今日で最後なんだなって思うと……藤木悠斗として見る、最後の東京だと思うと、ちょっと泣きそうです。柄じゃないですけど。

俺、これから生まれ変わるんですね。

怖くなんかありませんよ。腕利きのお医者さんなんでしょ？　顔が変わるって、どんな感じかなあ。小学校の友達とかに会いに行って、びっくりさせてみたいですね。いや、やりませんけど。選べるんですかね、どんな顔か。ふうん、ある程度のリクエストはできるんですか。俳優みたいにしてもらおうかな。

あ、そうですね、確かに目立ち過ぎる顔にすると困りそうだな。じゃあ、はい、思いっきり別人にしてもらって構いません。

じゃあ名前とかは？　自分で決められます？　ああ、このリストの中からですか。これ、架空の戸籍作ったんですか？　さすがですね。何がいいかな。俺、自分の名前嫌いなんですよ。いや、響きはいいですよ。でも、なんかちょっと普通すぎるじゃないですか。もっとかっこいい名前にしたい、ずっとそう思ってましたから。

この名前、いいな……本籍地が京都っていうのも、何かいいし……はい。

楽しんでますよ。

未練なんかありません。これからの命は、全部榊さんのために捧げます。

ついさっき、その覚悟を証明してきたんですから。受け取ってもらえますか？　こんな、安っぽいビニール袋ですみませんが……中に入ってます。

ええ、もちろん。確実にとどめは刺しましたよ。

はい。それ、切り取った耳です。

思えば、出会ってから二年になりますね。

なんだか、もっと長い時間だったような……でも、濃くて短かったような、不思議な気分です。

今でも鮮烈に思い出せますよ、初めてお会いした日のこと。あ、いや、いいんです！　榊さんは俺なんかのこと、覚えてなくていいんですよ。ほんとに、はい、それは。

話していいですか。あなたの存在が、俺にとってどれだけ衝撃だったのか。

元々俺、正義感が凄く強くて。いや、本当ですよ。

夢はヒーロー。テレビでやってるような、戦隊ヒーローもの。実際にそんな組織はないと知ってからも、大人になったら正義のために働く、と決めてました。たとえば警察官とか、検事とか、あとは格闘技の選手とか。あ、最近まで格闘技って、悪いやつと正しいやつとがいて、戦ってると思ってたんですよ。ハハ……もちろん、なりたかったのは正しい方です。

だから小学校の頃は、いじめられっ子をかばったりしてました。授業中にうるさい奴を注意したりね。たまに万引きを自慢してるのとか見つけると、面と向かって「やめろよ」なんて言ってました。かっこいいでしょ。そんな時、頭の中では戦隊ヒーローものの主題歌が流れてて。おかげで、クラスの中でも一目置かれてました。

一番、自分が誇らしかった時期です。

でも中学校に入ると、そう簡単にはいかなくなりました。注意しに行っても、逆に追い払われるようなことが増えて。何回か喧嘩もしてみたんですけど、全く勝てないんですよ。がたいのいい相手に、子供みたいにあしらわれちゃって。一応、空手の練習も毎日やってたのにな。いや、教室に通うとかじゃないですよ、うちにそんな金ないんで。ただ、見よう見まねで寝る前に、キックとかパンチとか、やってただけです。でも割と真面目にやってたんだけどな。

次第に誰も、俺の話を聞いてくれなくなりました。

その時ようやく気づきましたよ。小学校の時、みんなが従ってくれたのは、俺を恐れたからじゃない。大人を恐れてたんです。かつての俺の切り札は、「先生に言いつけるぞ」と「警察に言いつけるぞ」でしたからね。

中学生にもなって、そんなこと言ったって、ただバカにされるだけなんです。悔しかったなあ。

同学年にね、志保っていう女子がいたんです。

色白で、そばかすがあって……おでこが広くて、眉が綺麗な半月形で。ちょっと個性的な顔だったな、でも可愛かったですよ。この子、いじめられてましたね。理由は何となくわかります。俺と同じで、正義感が強かった。授業中に騒いでる女子に、「うるさいんだけど」とか言っちゃうタイプでした。でもね、その中に女子グループのリーダー格がいたみたいで。彼女に目をつけられてからは、志保は完全に孤立しました。

よくあるパターンですよ。

上履き、隠されるとかね。トイレに放り込んじゃうとか、死ねって落書きするとか、そういうことはしないんです。なんかこう、うっかり誰かが間違えたらそうなっちゃうかもな、っていう範囲でだけやるんですよ。別の人の靴箱に入ってたりとか、そういう。いじめる方も頭いいですよね。

志保は黙って耐えてましたよ。

どれだけ嫌がらせされても、無視して、じっと俯いて……うん、ほんとにね、健気でした。

俺？

俺はただ、見守ってました。

だって、どうしようもないし。止めに入ったところで、俺の言葉なんてみんな、聞き流すだけだし。イタズラしてる現場を押さえて、証拠を突きつけられたら良かったんですけど……奴ら上手で、教室を移動するタイミングとかでこっそりやるんですよ。だから俺もどうしたらいいのか、わからなくて。

予備の鉛筆とか消しゴムだけ持っていってました。あの、志保の筆箱が隠された時に貸してあげるために。結局その機会はなかったんですけど。

いじめはずっと続いてました。

志保がまた、いじり甲斐があったんでしょうね。物を隠されたのに気づくと、しばらく捜し回ってから、きっ、といじめっ子の方を睨むんです。ちょっと目を潤ませて、頬を赤くしてね。その顔が、何と言うか……そそるっていうか。屈服させたくなるんですよ、きっと。俺も、志保って意外に色っぽい表情するんだな、って思ってましたもん。

いじめっ子は志保を目の敵にするようになって、毎日のように、嫌がらせしてました。

それで、あれは二年生の夏だったかな。

いじめっ子に彼氏ができたんですよ。これがけっこう美男子で、家は金持ちだし、成績もいい。でも性格は最悪で、目をつけた後輩をパシリに使ったり、地元の良からぬグループとつるんでたり……色々と悪い噂を聞く奴でした。

で、いじめっ子、彼氏に色々吹き込んだみたいなんですよ。志保って女がバカにしてくるから、仕返ししたいって。たぶん、そんなようなことを。推測ですけど。

とんでもない奴でした。

一体、何をしたかわかります？　驚きますよ。ここからの話を聞いたら。

本当にね、あれは一瞬の出来事でした。

下校中の志保を、灰色のバンみたいな車がゆっくり追い越して停まったんです。すると、わらわらと男たちが出てきて。志保に話しかけて、腕を掴んで、強引に車に押し込んだんです。

確かに見ました。あのいじめっ子の彼氏が、男どもの中にいるのを。俺、電信柱の陰からこっそり覗いてたんですよ。

いいえ、別に志保のあとをつけてたってわけじゃないです。たまたまです、たまたま。ただ、志保、元気なさそうだったから。話しかけてね、ちょっと励ますタイミング、ないかなと。それくらいは思ってましたけどね。

とにかく俺は慌てて、飛び出したんですよ。ほっとくわけにはいかないでしょう。発進する寸前の車に駆け寄ると、男たちがこっちを振り向きました。やつら、ニヤニヤ笑って、ガムとか噛んでました。

「何？」

そう言われたんで、俺も言い返します。

「何をしているんですか」

一番大柄な男が、こいつがまた、プロレスラーみたいな体格なんですけど、そいつがずいと身を乗り出して俺を見下ろしました。

「女の子と待ち合わせ。これから遊びに行くんだけど。文句ある？」

余裕たっぷりの態度でしたね。俺は、車内に目を凝らしました。何だかガラスがやけに黒くて……よく見えないんですよ。後部座席に座った志保は、左右を男に挟まれて、俯いているようでした。

俺は勇気を出して、聞きましたよ。

本当？　って。

そうしたら大柄な男がぷっと噴き出して。俺の目を正面から見て、「本当だよ」って言ったんです。

俺、何も言えませんでした。

車はそのまま、発進。あっという間に、どこかへ走り去ってしまいました。ナンバープレートに変な段ボールの飾りがついてて、番号ちゃんと見えないんです。あんなのアリなのかな、って思いましたよ。

その後、志保が何をされたのかはわかりません。

だって、車で連れて行かれたんですよ。追いかけようがないでしょ。

え？

いや、でも……だって、本当って言われたんで。信じるしかないじゃないですか、その時は。確かめるすべないですし。はい。

だからそのまま帰って、テレビ見て飯食って……寝ましたよ。

はい。まあ……はい。

そうですね、俺の悪い癖です。でも、その時はほら、俺もクラスで無視されてたし……へこんでた頃で。いや実際無理ですよ、相手いっぱいいたし。俺も別に喧嘩強くないし。自信がなかったんですよ。いいじゃないですか、もう。俺だって悔しく思ってるんです。

あんなことになるなんて、思わなかったんですよ。

翌日から志保は、学校に来なくなりました。

普段はめったに休まないんです。どんなにいじめられても、きちんと来る子でしたから。もちろん心配しましたよ。

一週間、欠席が続いたら、家に行ってみようと思ってました。口実は何でもいいから、とにかく行って、困ってるのなら助けなくちゃと。でも、間に合わなかった。

志保、自殺しちゃいました。

飛び降り。即死ですって。

発作的なものだったらしく、遺書はなかったそうです。

クラスのみんなで葬式に行きましたよ。駅で待ち合わせて、先生に連れられて、ゾロゾロ学生服で歩いて。俺はその間ずっと、これが現実とは思えませんでした。夢か、あるいはお芝居の中に入りこんじゃったみたいで、ほとんど呆然としながら、前の奴について歩いてた気がしますね。

クラスメイトたちは泣いてました。みんな、一度も志保を助けようとしなかったくせに、泣いてるんですよ。あのいじめっ子も、白々しく泣いてました。俺は、呆れるっていうか……泣く気にもなれませんでしたね。今頃泣いたって、志保は帰ってこないんです。ずるい奴らだって思いました。

それでね。

あ……すみません。

いつも、このあたりまで思い出すと、悲しくなっちゃって……。

い、遺影をね。見た、しゅ、瞬間に……。

はい。ティッシュ、お借りします。ありがとうございます。

すっごい笑顔なんですよ、志保が、いい笑顔してて。ああ、志保ってこういう顔で笑うんだなって、ずいぶん見てなかったな……と。

き、気づいたんですよ、俺。ようやく、い、今頃。

ほんと、バカですよね。

俺、志保が……好きだったんです。

もっと早く、助けてあげるべきだった。いじめっ子をぶん殴ってでも、止めるべきだった。走り去っていく車に飛びついて、ガラス割って飛び込んで、救い出すべきだったんです。

いや、さっきも言いましたけど、その時は色々あって、無理だったんですよ。え？　いや、今もさすがに……車のガラスは無理だと思いますけど。でも愛の力があれば、できたんじゃないかなって。遅かった。愛を自覚するのが、遅かったんですよ。俺、いっつも遅いんです。肝心なことを理解するのに時間がかかる性質なんです。

とにかくそこで、俺、目が覚めました。

こんなことは許されない。みんなでよってたかって志保を殺したようなもんじゃないですか。やらなきゃ。志保の代わりに、俺が仇を討たなきゃ。

再び燃えてきたんです。しばらく消えていた、正義の炎が。

俺、教師に訴えましたよ。

クラスでいじめが行われていたこと。そのリーダー格と、取り巻きのメンバー。さらに、実行犯と思われる男たちについて。必死に、担任の前で説明したんです。きちんと罰を与えなければいけないと。

でもね、ぽかんとされましたよ。

どうして今頃そんなことを？　と、まず言われて。きっとみんな反省している、無駄に騒ぎを大きくしないでくれ、誰も幸せにならない、と繰り返されました。

どの教師に相談しても同じでした。唯一校長先生だけは、うんうんと頷きながら話を聞いてくれましたけど。わかった、あとはこっちでやっておくから任せなさい、と言ったきり何の音沙汰もなしです。

これじゃダメだと思って、クラスでも話しました。昼休みに教壇に立って、「みんな聞いてくれ」って叫んでね。「志保のこと、このままでいいのか」って演説を。でも何か、くすくす笑われて。女の子は、涙ぐんで「必死にみんな乗り越えようとしてるんだから、不謹慎なこと言わないで」と怒鳴ってきたり。それから、俺が教師たちに色々触れ回ってるのを、知ってる奴がいて。

「何チクってんだよ、お前も同罪だろ」って……。

「俺は違う、正義だ」って言ったら、その男にいきなり殴られたんです。全く反省してなかったな、あいつは。

結局、学校では誰もまともに取り合ってくれず。教師にも、生徒たちからもそっぽ向かれて、俺、居場所なくなっちゃいましたよ。

次に駆け込んだのは警察です。

交番じゃ話にならなかったので警察署まで行きました。はい、わざわざバスに乗って。でも答えは「パトロールを強化しますから」と追い払われたり、「証拠はありますか」とか、誤魔化されるばかりでした。その証拠を、あんたらに見つけ出して欲しいってのに。

「あなた、志保さんとどういう関係なんですか？」とも聞かれました。そういう問題じゃないって、何度説明してもわかってくれない。一人の人間の命が奪われているのに。

それからは弁護士とか、教育委員会とか、あとは政治家の事務所にも電話してみましたよ。ええと、何だっけ、市議会？　よくわかんないですけど、適当にポスター見て、はい。だって政治家ならみんな同じですよね。国民のために働いてくれるんでしょう。

弁護士だけかな、嫌そうにせずに話を聞いてくれたのは。「具体的に何が言いたいのか、次は紙に書いて持ってきてくれますか」って言われましたけど。何かお金いるらしくて、結局行きませんでしたね。だって変でしょ、俺がお金払うなんて。最後には、志保の家にまで行きました。ええ、ご遺族です。彼らが一緒に来てくれれば、警察も少しは動いてくれるかなーと思ったので。対応してくれたのはお母さんでしたね。面影がありました。家に招き入れてもらって、お茶菓子食べて。でも、俺が志保の死について、真相を話し出すと、ぱっと顔が曇りました。「そんな話は聞きたくない、もうそっとしておいてくれ」と言うんですよ。「あの子が帰ってくるわけじゃない」と。

悪人どもを懲らしめなきゃいけない、俺も協力しますから正義のために戦いましょう、このままじゃ志保さんが無駄死にですって食い下がりました。そうしたら不気味なものを見るような目でこっちを睨むんですよ。でね、たった一言。

「警察呼びますよ」

追い出されました。

もう、俺……全身に無力感っていうか。疲れちゃいました。

ただ、悪は悪、正義は正義ってはっきりさせたいだけなんです。それがどうしてこんなに難しいのか。

可哀想な志保。家族にまで見捨てられて、その一方で悪人はのうのうと生きながらえてる。

俺が仇を取ってやる。

家に帰る道中で誓いました。空の彼方で、星がきらっと瞬いて……志保がにこっと笑ったような、そんな気がしました。


話が長くなってすみませんね、榊さん。

つい、嬉しくて……だって榊さんの前でこんなに話すなんて、初めてですもん。いいんですかね？　忙しい榊さんの時間を、こんなに貰っちゃって。

はい、わかってます。病院に着くまでの間だけですよね。

そうか、新しい顔と戸籍に生まれ変わったら、もう昔の話なんかできなくなる、か。

今のうちに、心置きなく……確かに。ありがとうございます。

これまでの話は、前置き。大事なのはここからです。榊さんに出会って、俺は変わるんです。

あの時は、闇の中に光が差したように感じられたなあ。

心底、この世に絶望していましたからね。

俺にとって、正義感だけが誇れるものでした。思えば、他に何にもないんですよ、俺。運動も、勉強も、得意じゃない。ゲームがうまいとか、ピアノが弾けるとか、そういうのもない。

別にそれで、いいと思ってたんですけど……それくらい、正義感ってのは素晴らしい才能だと信じてたんですけど。急に、正義ってだけじゃ何もできなくなって。誰も俺の話を聞いてくれなくて。

ひょっとしたら正義って、何の意味もないのかな……って。

なんかね、人づてに聞いたんですよ。

例のいじめっ子、将来は検事になりたいんですって。

そいつ、頭が良くて、成績もずば抜けてて。父親は偉い警察官で、母親は弁護士らしいんです。

でね、もっと聞くと、志保を車でさらった男たち。あいつら、みんな金持ちの大学生らしくて。親が政治家だったり、社長だったりするそうです。

このままだと、いじめっ子は検事になって、大学生たちは親の後を継いで、この世を牛耳っていくんでしょうね。

俺はこのままじゃ、何にもなれない。親と同じですよ。つまらないサラリーマンとして、つまらない人生を送る。こんなのあり？　って話です。

何が何だかわからなくなっちゃって。

これまで信じていた世界ががらがらって崩れていくような、ずーっと頼りにしてきた地図が実はでたらめだったって気づいたみたいな。

それでも自分を信じて、いじめっ子たちを懲らしめようと行動はしていましたけど。このままでいいのか、わからなくなっていたんですね。

え？

ああ、具体的に何をしていたか、ですか。

インターネットの掲示板に書いてました。

見たことあります？　匿名で誰でも書き込めるんですよ。そこに、こいつらは志保を死に追いやったとんでもない悪人だ、早く自首しろ、って毎日。プレッシャーを与えれば、あいつらも罪に気づくかなあって。お金もかからないし、我ながらいい案だと思いましたけど。

実際、効果はあったと思いますよ。

奴らから電話、かかってきましたもん。「あれやってんのお前だろ、すぐやめろ」ってね。もちろん、俺はシラを切りましたけど。で、言ってやりました。掲示板は誰がやってるのか知らないけど、文句を言うのは心当たりがあるからだろって。嫌なら自首することだな、とね。俺、かっこいいでしょう。

あいつら、よほど腹が立ったんでしょうね。

俺、いきなり拉致られたんですよ。

用心してなるべく外に出ないようにしてたんですが、ちょっと夜中にね、コンビニにお菓子買いに出た時にいきなり胸ぐらを掴まれて。あ、はい。その時は学校、行ってなかったんです。なんか行っても意味ない気がしてたんで。それに掲示板に一日中向かってたもんで。ほんとその時くらいですよ、家を出たの。で、乗れ、って。たぶん志保をさらったのと同じ車に放り込まれました。そのまま、山の方に連れて行かれたんです。

広い駐車場みたいなところで降ろされて。めちゃくちゃ怖かったですよ。車のヘッドライトで照らされて、男たちに取り囲まれて。惨めでした。人気《ひとけ》はないし、通り過ぎる車もない、誰も俺を助けに来ない。やっぱりヒーローなんていないんだ、正義なんてないんだ。そう思いました。

「これ以上余計なことするな。約束したら、帰してやる」

そう言われたんで、まあ……断りました。いえ、一回だけですけど。だって殴られたんですよ。歯が抜けて、血が出ちゃって……無理に抵抗するよりも、とりあえず謝ってね、許してもらって。後で名前変えて掲示板に書き込もうかなと。出し抜いてやるってことです。そっちの方が相手もダメージ大きいかなと思って。

でも、その必要はありませんでした。

いきなり、真っ黒の車が三台やってきて、駐車場の出口を塞ぐように停まりました。エンジンをかけたまま、何人かが降り、こちらに向かってきます。

みんな、ざわついてましたよ。誰だ？　わからない、って、おどおどしてた。今思えば、あの中に榊さんや、カズさんがいたんですね。

あっという間でした。大学生たちは、現れた男たちに全く歯が立たず、ボコボコにされてた。腕がゴキッて折れる音、初めて聞きましたよ。ついさっきまで偉そうに俺を取り囲んでいた連中が、痛めつけられ、悲鳴を上げているのを見て、俺は……。

正義はあったんだ、って思ってました。

中でも榊さん、あなたは別格だった。

一番強かった。体格は俺とさほど変わらないのに、異様に素早くて、パンチもキックも軽々と避《よ》けてました。そして一度攻めに転ずるや、一発で相手をぶっ倒してしまう。容赦がなかった。目や股間を狙って、ドスッ、とこう。倒れた相手の背中に、上から蹴りを入れ、顔を踏んづけてた。

確かにそうですね、やってることはただの暴力ですよ。でも、目が離せなかった。俺がどれだけ頑張っても、懲らしめられなかった奴らが今、地面に這いつくばって泣きべそをかき、許して許してと喚いている。

本当、気持ち良かったなあ。

俺、榊さんに駆け寄って叫びましたよね。あなたが正義の味方ですかって。榊さんは俺を見て、振り上げた拳を空中で止めて、不思議そうな顔をしてた。何て言ってたかな。「誰、お前?」だったか。

俺は事情を話して……そうしたら、「ふもとまで送ってやるから、待ってろ」と言ってくれた。後から聞きましたが、あの大学生たちが、榊さんの管理してる売春グループの女の子にちょっかい出して、その報復だったんですってね。

俺、戦い……というよりは一方的な処刑が終わるのを、ぼうっと待ってました。やがて大学生たちがまるで囚人みたいに、両手を縛って並ばされて。それを腕組みして見下ろす榊さんの横に、俺もいました。榊さんは「落とし前」として、奴らから財布を奪って……ついでに一人のズボンを脱がせて、俺にくれた。はい、その時俺、おしっこ漏らしてたんで。

それから車でふもとまで下りて、コンビニのATM回って、大学生たちのキャッシュカードで金を下ろしましたね。あっという間に凄まじい量の札束が、車のトランクに溢れて……最後に公園に集まって、榊さんは仲間たちに札束を投げた。

分け前だ、と百万円をこう片手で掴んで、ぽんと。

一人二百万くらいずつ配ってましたね。異様な光景でしたよ、滑り台や砂場の横で、札束が飛び交ってるんですもん。そして金が行き渡ったところで、みんなの前で言った。

「これが正義だ」と。

痺れましたよ。

そこからの台詞は、今でも思い出せますから。

「警察や法曹が、唯一の正義だなどと思うなよ。あれはある特定の人間たちの都合で作られた装置に過ぎない。そもそも正義とは何だ。守るべきものを守ることだ」

ええと、何だっけ。すみません、メモ見ますね。はい、時々読み返してるんですよ。そうそう。

「ちょっとばかし頭と家柄がいいだけの大学生どもが、体を売って必死に生きている女を騙くらかしても、法律は女たちを守りはしない。クソな正義だ。そんなもの、怖くはない。仲間を守る俺たちの正義の方が、強いからだ。この世は正義と正義の戦争なんだよ。法律だの、警察だの、薄っぺらい正義しか持たない奴は、俺たちには勝てない」

榊さんは大学生に向かってぺっと唾を吐き、あらかた金を下ろし終えたキャッシュカードを投げ捨てました。そして仲間たちが喝采する中、俺の方を向いた。

「くれぐれも、俺たちを売るような真似はするなよ」

そう言って、十万円くれました。ただ見てただけの俺に、十万円。

口止め料、ということは分かりました。だけど俺には、その十枚の札が、未来へのチケットのように思えたんです。

仲間に入れてください。

俺はその場で、土下座して頼みました。

最初、優しかったのはカズさんだった。「パシリやらせてみるか」って言ってくれましたから。榊さんはにべもなかった。「こいつはバカだからダメだ」この一点張りでした。「手土産に一千万くらい持ってきたら考えてやる」とも言われたかな。

俺、とにかく必死に頑張りました。カズさんに金魚のフンみたいにくっついてって、部屋の掃除から、縄張りの見回り、メシ作ったり、何でもやったっけ。榊さんに認めてもらいたい。その一心でした。

もちろん学校には行かず、ほとんど家にも帰らず、家出状態でした。親は心配しただろうし、友達も何があったのかと思ったでしょうね。だけど俺、それでもよかった。

榊さんに、正義を見たから。

正義って、そう……筋《すじ》を通す、みたいなことなんでしょうね。だから法律に従うってのも一つの正義。でも、自分が守られるときだけ法律を持ち出して、普段は抜け穴を探してズルしようとする奴らがゴロゴロいる。金を持ってたり、親が有名人だったりすると、悪いことしても簡単に示談になっちゃう。その程度のもの。

だけど榊さんは違う。

確かに、やってることは売春だったり、賭け事だったり、ですよ。でも、筋は曲げてない。お金がなくて困ってる女の子に、働き口を作ってあげる。若い女の子とエッチなことがしたいおっさんに、出会いの場所を用意する。パチンコや競馬じゃ満足できないギャンブルマニアを、誰にも迷惑かけずに遊べる場所でもてなしたり、たちの悪い客が来て困ってる飲み屋に助太刀に行ったり。

　みんな、納得済みなんですよね。

　社会の仕組みでは守られない、行き場がない人のために働いて、みんなに感謝されて報酬を受け取っている。こんなところにヒーローがいたんだ、と驚きました。俺、全然知らなかった。榊さんこそ、真のヒーローだった。

　だけど……俺、やっぱ新入りだからですかね？　やけにみんなに目の敵にされてました。

　何でだろう、いつも怒られるんです。いや、一生懸命やってるんですよ？　でも、完璧にって難しいじゃないですか。ちょっとしたミス、誰でもするでしょう。

　具体的には、その……お得意さんから回収するお金をちょっと、数え間違えたりとか。後から謝ればすむ話じゃないですか。仮にパチンコで使っちゃったとしても、勝って返せばいいわけだし……女の子たちの待機部屋を、こっそり覗いたとかも言われました。様子を見ただけですよ。そんな、いやらしい気持ちじゃありません。あわよくばなんて、考えてませんから！　ただ、ちょっとおっぱいの大きい子がいたからですよ。つい気になっただけですって。

俺、色んな仕事させられてましたから。ほとんどはうまくいってるのに、ほんの少し失敗しただけで、ずっと半人前扱いされるの、納得いかなかったですよ。どこが悪いんですかって言ったら、カズさんには「そういうところ」って言われましたけど。

でも、榊さんはちゃんと見ていてくれました。

カズさんが「あいつ使えねえし、足引っ張るから、追い出そう」と言いましたね。だけど榊さんは首を横に振った。そして俺を真っ直ぐに見て、にやっと笑ったんです。

「お前、空回ってるけど、やる気だけはあるな」

嬉しかった。俺をわかってくれていた。

「お前の能力を活かすには、別の仕事の方がいいかもしれない。危険だが、やってみるか」

俺はその話に飛びつきました。あの時カズさん、悔しそうな顔をしてましたよね。バレてましたよ、ふふふ。

「弾になれ」

榊さんは俺と二人きりになると、そう言いました。

「お前は察しが悪いから、はっきり言うぞ。ある人間を殺してこい。素人くさいお前なら、怪しまれない。ターゲットの場所はこっちで調べる。後のことは全てこっちが責任を持つ。報復や、逮捕の恐れはないぞ。無事に済んだら、顔を変えて、海外に飛ばせてやる。一年、ほとぼりを冷ます間、観光地でゆっくりしてくればいい。やることは簡単だ。人間くらいの大きさの肉に、よく狙ってナイフを突き刺すだけ……ただし念入りに」

　初めて聞いた時には、さすがに足が震えましたね。

「お前はよく正義正義って言うが、これこそ正義の仕事だ。俺たちのような人間は、揉め事で警察を頼れない。最後には、力と血で解決するしかないんだ。だが流れる血は少ない方がいい。特定の一人を消せばそれですむって時もあるわけだ。意義深いだろう」

　淡々とした榊さんの声に、俺はまるで恋人に愛を囁かれているような気分でしたよ。

「お前しかいない。お前が弾になってくれればうちは安泰だし、俺は嬉しい。仲間うちでも一目置かれる。俺の弾として、側近扱いになる。報酬もはずんでやる。一千万は約束しよう。どうだ」

　迷う余地なんかありませんでした。チャンスが目の前に転がり込んできたんです。これこそ俺の道だと思いましたよ。

弾になると決めてからは、俺は用意してもらったマンションでテレビを見てました。はい、戦隊ヒーローものをずっと。

いや、殺す自信はありましたよ。でも念のため、お気に入りのシーンを頭に叩き込んで、やる気を高めてたんです。いいですよ、戦隊ヒーローもの。クライマックスで音楽が流れて、盛り上がるんです。

正直、すぐにでも仕事したい気分だったんですけど。準備があるから、少し待てって話でしたよね。一応、体に問題がないかどうか、健康診断なんかも受けさせられて。さすが榊さん、そこまで確認するのかって思いましたね。

仲間たちが俺に向ける目が変わりました。隠れてこそこそ噂話してるのも見ました。あいつにできるのか、とか、榊さんに目をかけられてズルい、とか思われてたんでしょうねえ。カズさんも正直、妬んでたんじゃないですか？　俺がいきなり榊さんの右腕になっちゃったら、立場ないって。大丈夫ですよ、俺カズさんのこと好きですから、ハハハ。

ようやく今日という日が来た、俺の気持ち、何て言ったらいいかな。

ずっと厳しい修行に耐えてきて。仲間の死を乗り越えて立ち上がり……あ、ええと、そう、志保のことですよ。志保死んじゃいましたからね。俺の背には志保が宿ってるんです。そんで、ついに戦いに挑む勇者。伝説の幕開け。うん、そんな感じ。

緊張はしなかったですよ。

はい、借りたナイフもしっくり手に馴染んで、ぶんぶん振り回せて。スパスパ紙とか切れるから、感動しましたもん。

驚いたのは、殺す相手を見た時かなあ。

言われたとおり、マンションに行きましたよ。まるでホテルみたいな作りで、家賃どれくらいすんのかなあと思いながらね。五〇三号室に鍵を差し込んだらスッとドアが開きました。後は殺すだけだな、と思って入っていくとね。靴が並んでて。スニーカーと、革靴。浴室からは、シャンプーの匂いがしました。入ったばっかりだったのかな。

一部屋ずつ確認しながら、奥に向かいました。

トイレがあって。ラベンダーの芳香剤が置かれてたな。リビングには大きなテレビと、ゲーム機。コントローラーが投げ出してありましたね。物が少なくて、よく整理された部屋でしたけど。イルカの絵とか飾ってあって、ああ、人がいるんだなあ……って思いました。

男は寝室で、ベッドに寝っ転がってました。

俺、ギャングの親玉みたいなのを想像してたんですよ。ごつい顔の。それがひょろっとした色白の若い男だったんで、だいぶ拍子抜けしました。服は着てなくて、タオルケットみたいなのを下半身にかけて、スマホいじってました。

そいつ、俺を見るなりぽかんと口を開けて、凍り付いたように動かなくなりました。ナイフを突きつけて、俺は一歩ずつ歩み寄って。何してんの、って聞いたんですよ。馬鹿正直に答えてくれました。

「いや、今、ログインボーナス……」

本当に標的はこいつなのかな、って思いました。でも榊さんが間違うはずがありませんよね。俺は駆け寄ってナイフを突き出しました。あっさり刺さりましたね。

「えっうそっ」

こんにゃくに包丁入れるみたいでしたよ。

眉の上あたりに何かぶつけられて、目がちかちかしました。たぶんスマホですね。何度も振りかぶって、殴ってきました。俺も必死に頭を振り回して避けながら、ナイフを抜いて、また刺して。また抜いて、刺してと。ベッドの上でそいつと取っ組み合いました。

思えば戦隊ヒーローだって、最後は必ず暴力で悪に言うことを聞かせるんですよね。悲しいけど、戦いは避けられない。

途中からそいつがずっと叫んでたんで、周りの音が全然聞こえませんでした。凄い声でしたよ。ギャーとかウワーとかじゃないですね。ガーッみたいな、ゴリラか虎の吠え声のようだった。俺が上になったり、そいつが上になったりしながら、何度刺したかな。途中からは引き抜けなくなって、同じ傷口をひたすら掘り返してたと思います。生ぬるくて、臭い血が飛び散って。生ゴミの中で転げ回るような、そんな気分。

だんだんそいつの声が短く、強くなっていくんです。息継ぎが不規則になって、吠え声がガガガ、ガガガガッみたいになって、何度かかちかちと歯を鳴らした後、最後に……「ごぽぽぽっ」て。トイレで大を流したあと、最後に聞こえてくる音に似てますね。そしてぱたりと動かなくなった。

何分くらいの出来事だったのかな。ほんの数分かな。

目に指を突っ込んでも、ナイフの先でつついても、反応なくなりましたから、確実に死んだはずです。

口にも、鼻にもそいつの血が入ってて、体中血まみれ。臭くてしょっぱくて、嫌な気分でした。しかもね、血がゆっくり固まってくのがわかるんですよ。だんだんネバネバしてきて、端っこの方なんかパリパリひび割れて、こぼれ落ちてて。まずシャワーを浴びて、それから証拠を手に入れようかと思ったんですが、考え直しました。何となく今、取っちゃわないとダメな気がしたんです。

耳にナイフを入れている間、変な感じでしたよ。ゾリゾリって……当たり前ですけど、目の前で人の耳が取れてくわけじゃないですか。耳がない人って見たことなかったなあとか、耳って意外としっかり重いんだなとか……切りにくいな、とか。ほら、コップの取っ手とか取らないでしょ。取れるけど、普通は取らないじゃないですか。それを無理やり取ってみてください、そういう気分です。わかってもらえますかね。

無事に取れた耳を袋に入れて、ほっとしながら風呂場に行きました。あ、この匂いだ……って。血みどろの中でも、シャンプーの匂いってわかるんですよね。さっきまで取っ組み合ってた相手の髪と、同じ香り。いい匂いだ、って思ってたら、ふっと明かりがついたんですよ。人感センサーつきのライト。すぐ横に全身鏡があって、そこに俺が映っていました。

しばらく、そこで立ち尽くしていました。

まさかこんな姿になっているなんて、想像もしていなかったもんで。ちょっとびっくりして、でも惚れ惚れと見とれたりもして。つい独り言が出ましたよ。

「戦隊ヒーローの、レッドだ」

アハハ、何か気味悪いですねえ。

カズさんも、榊さんも、いつもは俺の話なんて聞いてくれないじゃないですか。今日に限って、こんなに……いや、嬉しいですけど。やっぱり、人を殺した話に興味あります？　お二人とも、相手を半殺しにはしても、殺しは経験ないって言ってましたもんね。そういう意味じゃ、俺の方が先輩ですね。や－、そんなに難しくなかったですよ。

あ、でも、耳はやっぱり先に切っておいて良かったです。

シャワー浴びた後、服を借りようと思って寝室に入ったんですよ。そうしたら、もうダメでした。はい、吐いちゃって。まともに見られない。同じ部屋の空気も嗅いでいたくない。何だろうなあ、変身解いちゃったからかな。ほら、レッドから一般人に戻っちゃったんで。

もう、逃げるように出てきましたよ。息してるのか吐いてるのかって感じで玄関まで這っていって、何とか。不思議と廊下に出たら、そこからは平気になりましたけど。一回目で、こんな感じだったので。今後も何人でも、やれると思いますよ。どうですか、榊さん。俺、右腕になれますか？

……えへへ。

嬉しいです。

そう言っていただけると、もう、本当に嬉しいです。

良かった、やって良かった……。

あ、もうそろそろ到着？　ここが整形する病院？　へ－、そんな風には見えませんね。普通の、ちょっと古びた病院だ。ここで降りるんですね、了解です。はい、裏口ですね。わっ、榊さん自ら案内してくれるなんて……すみません、すみません。

ふーん。こんな感じか。

暗いですね……地下への階段。

もう二度と地上に出られないような気がしてきません？　なんちゃって。

あ、どうもどうも。今日はよろしくお願いします、先生。

って、あれ？　健康診断の時と同じ先生じゃないですか。へえ、榊さんの仕事は全部、先生が請け負ってるんですか。確かにそうですね、下手によそに任せたら、秘密が漏れますもんね。ええ、年齢はそれであってます。はい、若者ですとも。体のどこにも問題なし、ばっちり健康ですよ。

はい、では後ほど。

……榊さん。

さっきの先生、どうしてあんなにニヤニヤして俺を見るんでしょうね？　若者好き……そうなんですか。確かにそういうじいさん、いますよね。

ここでこの服に着替えるんですね。いよいよって感じだなあ。ちょっと待っててください。

榊さん。

生まれ変わる前に、これまでのお礼を言わせてください。あなたは俺の理想で、そして夢見る未来そのものです。俺を見いだしてくれてありがとうございます。

嬉しくてたまらないんですよ。涙が出てくる。

あなたから貰った仕事に応えられた、それが誇らしくてたまらない。子供の頃に戻ったみたいですよ。自分が好きになれた。生きるのが、楽しく思えてきた。今の俺、本当にかっこいいと思うんです。

考えてみればね、俺ってバカだと思いますよ。難しい話は苦手だし、いっつも楽な方に逃げちゃう。みんなによくバカバカって言われて、めっちゃむかついてましたけど、でも正直バカだなって思うんです。自分でもね。

でもそんな俺でも、これからあなたの側近になれる。

……はい。ありがとうございます。

あ、先生、よろしくお願いします。

どうもこの、手術台ってのは、落ち着かないですね。消毒薬の匂いも緊張するし。

え？　あ……全身麻酔ってやつなんですね。それはわかりましたけど、ちょっといいですか。その、カーテンの向こう側にも患者さん、何人かいますよね。みんな同じ部屋でやるんですか。はあ。そうですか。

何語？　あれ。患者さんたち、外国の方みたいですけど……だいぶ年上ですね。ふうん、この日のために時間を調整して、わざわざ来日されたんですか。それは、まあ……はい。そういうご事情なら。

いや、聞かないんですか？

何って、俺のリクエストですよ。どういう顔にして欲しいか。ある程度は希望できるって聞いたんですけど。うっかり、って……勘弁して下さいよ。あのね、俺の希望は目はぱっちり、鼻はしゅっと尖った感じ。口なんかはお任せします。頬は、もう少し細い方がいいかな……はい。

大丈夫ですか？　メモも取らずに。はあ、大丈夫なら、いいんですが。

ああ、榊さんがそう言ってくれるなら安心です。

ねえ、榊さん。

ちょっと偉そうなこと言っていいですか。

俺、榊さんを尊敬しています。でもね、正義感では俺の方が上だなと、実は今でも思ってるんです。俺、生まれ変わったら、ばりばり働きますよ。もっともっと、榊さんに認めてもらえる、榊さんと並び立つような男になります。そうしたら……今度は、対等な仲間になりましょうよ。共に力を合わせて、正義を貫く。そう、榊さんがブルーで、俺がレッド。

いつかそんな日が来る。俺、信じてるんです。

あ……なんか、ガス出してます？　これ吸うと、麻酔にかかるのかな。

榊さん。俺、見えるんです。栄光の日々が。そこに向かう道が。ああ、目の前が輝いてる。俺を祝福するように、光が、ほら、満ちていく――。

藤木悠斗（ふじき・ゆうと）
代戸山（だいとやま）マンション殺人事件の容疑者。事件の二年前に家出し、家族から行方不明者届が出されていた。監視カメラの映像から捜査線上に浮かんだが、その後行方がわからなくなっている。事件は半グレ集団同士の揉め事とみられているが、詳細不明。藤木の所属していた集団は、売春・違法賭博にくわえ、移植用臓器を外国人顧客に斡旋していた疑いがある。事件直後、船日湾（ふなびわん）にて内臓と眼球を失った死体が発見されたが、関連性は不明。

沸騰

「何のために走るんですか？」

　いきなり聞かれて驚いた。

　顔見知りの若い男性記者は、ペン型のボイスレコーダーを突きつけたまま動かない。私は太ももを左右交互にリズムよく、上げたり下げたり、ウォーミングアップを続けながら、聞いた。

「そんな大それた質問に、私なんかが答えていいんですか？」

　記者は力強く頷く。

「もちろん。いや、むしろ内間さんだからこそ聞きたいんです。あなたは特別なランナーですから」

「そんな。大会には招待選手や、プロの選手だって来ているのに」

「招待選手でもない、プロでも実業団所属でもない。本格的にマラソンを始めたのだって、ほんの数年前から。それなのにあれだけの結果を残すなんて、内間さんだけですよ。普段はお勤めされていますよね？」

「はい、事務員をしています」

私はいったん足を止め、腕時計を見た。

「フルタイムで働きながら、ほとんど切れ目なく次々に大会に出場し、先月の藤間湖《ふじまこ》マラソンではついにサブスリーを達成されました。これはとてつもない快挙ですよ、女性でフルマラソンのタイム三時間以下なんて、一パーセントもいない。世界で戦うのも夢じゃない、そういうレベルです。内間さんにはこれからますます、注目が集まると思いますよ」

興奮しているのか、記者の声は大きくなっていく。その声を聞いて、周りの選手たちもこちらに視線を向け、中には近づいて来る者もいた。私はにっこりと笑い、端的に答える。

「大変、光栄です」

「今回の目標などは決めてらっしゃるんですか？」

「はい。精一杯、全力を出し切って、楽しんできます」

記者はじいっと私の瞳を正面から覗き込む。

まるで睨めっこのような格好になって、こらえきれずに私は噴き出してしまった。

「何ですか、一体」

「いいえ。そういうところなんです、僕が内間さんを追いかけ続けてしまうのは」

「えっ？」

「タイムとか、勝利とか、オリンピックとかじゃないんですよね。それらはあくまで結果としてついてくるものでしかなくて、とにかく走るのを楽しんでいる。ここまで割り切れるランナーは、そうはいませんよ。だからみんな、惹かれるんだと思います」

「えっと……」

いつの間にか、周りに人だかりができていた。

途方に暮れる私に、あちこちから声がかけられる。

「今日も楽しみにしてるぞ！『にこにこ内間ちゃん』」

「いつも元気づけられています。応援しています」

「サインいいですか？　すみません、本番前に……」

差し出された手帳に名前を書いていると、記者の後ろからカメラマンが現れた。黒くてごつい筐体《きょうたい》を私に向けて構える。

「はい、じゃあ改めて。内間さん、あなたは何のために走るんですか？」

再びボイスレコーダーを向けられて、私は微笑みながら顔を上げた。

「私が走るのは」

あたりが静まり返り、次の言葉を待っている。

「走っている時にしか会えない自分がいて、その自分に会いに行きたい……」

　ほう、と誰かが息を吐く。記者が瞬きした。

「……そんな感じです。すみません、あまりうまく言えません」

「本日の意気込みを、一言お願いできますか」

　頷いて、カメラレンズを見つめる。

「私が走れるのは、みなさんのおかげです。時には有給休暇を使っても理解を示してくれる職場の仲間、大会を運営してくださっているスタッフさんたち、一緒に走る選手の方々、そしていつも協力してくれる大切な夫。だから私が走ることで、みんなに少しでも楽しんでもらえたら。勇気づけたり、前向きな気持ちにさせることができたら。そうしてご恩返しができたら、これ以上の幸せはありません。今日も精一杯頑張ってきます、よろしくお願いします」

　一気に言い切ると、ぺこっと頭を下げた。

　完璧なコメントだ、そう言いたげに記者がカメラマンと目を合わせ、親指を立てた。

　その後もサインや写真撮影などに応じていると、親切な誰かが声をかけてくれる。

「内間さん、そろそろ整列場所に向かった方がいいですよ」

「わかりました。では、行ってきます」

　私は腕時計を外して仕舞い、鞄を夫に預けると、歩き出した。記者がありがとうございました、と頭を下げながら小声で囁く。

「インタビューをお願いした僕が言うのもなんですけど。サインや写真なんかは断ってもいいんじゃないですか。せっかくの集中が」

「いえいえ、大丈夫ですよ。お安い御用です。それに私も、ありがたいと思ってるんです。緊張がほぐれましたから」

感心したように記者は瞬きし、「頑張ってください」と拳を握って掲げた。

整列位置は、申告タイムを元に決められている。私はAブロックの前半を指定されていた。かつてなく前の方である。あたりは選手たちでごった返しているが、背伸びすれば招待選手たちの後頭部が見えそうだ。

「やっぱり前の方はいいよね」

横から声がした。

「私、去年はEブロックからのスタートでさ。号砲なんてかろうじて聞こえるかどうかだし、前は混雑するしで、スタートラインをまたぐまで十五分くらいかかったよ」

長い茶髪を後ろで束ねた、すらりとした長身の女性が立っていた。切れ長の目で、まつ毛が揺れる。

「あなた、内間さんでしょう?」

「はい、そうです」

私は笑顔で応じる。

「あなたのこと、聞いたよ。市民ランナーの期待の星だってね。私も市民ランナーだけどさ、専業主婦で子供もなし。あなたは、働いてるんだって？　練習時間、どうやって確保してるの？」

「夜にできるだけ走るくらいですかね。あとは大会そのものが、練習だと思っていま す」

「ふうん。言うじゃん」

彼女は遠慮もなく、私を上から下までじろじろと観察した。オーラはあんまないね、と半分独り言のように頷いてから、挑戦的に顎を上げた。

「私は今日、自己ベスト更新狙ってるの。ガンガン攻めてくつもりだから、私に置いてかれても気にしない方がいいよ。ま、お互い頑張りましょう」

差し出された手を、私はさっと握って頷いた。

「はい。よろしくお願いします」

やや拍子抜けしたように相手はふっと鼻息を吐くと、さっと踵《きびす》を返してまた別の選手に話しかけた。

「あ、お久しぶり。最近、クラブの方顔出してます？」

一人になった私は、あたりの様子をうかがった。誰かと話している者もいれば、淡々とストレッチをする者、目を閉じて瞑想のようなポーズを取っている者もいる。だが、みな少しずつ腕時計に目をやる頻度が増え、お喋りが少なくなっていった。アナウンスに耳を澄ませたり、時間を確認したりせずともわかる。空気が張りつめていく。スタートが近い。

私は太ももから始めて下の方へと、足を軽く揉んでいった。それからしゃがみこんで靴の具合を調べた。左足には、タイムを大会側が把握するための計測チップが靴紐に付けられている。うん、外れたり緩んだりはしなそうだ。

準備は完璧。

周りの選手たちは帽子を被りなおしたり、サングラスの位置を調整したりしている。中には腹に巻いたランナーズポーチから、早くもゼリー飲料を取り出して口に含んでいる者もいた。

私は手ぶらだ。

腕時計も、帽子も、サングラスも、ポーチも持たない。あったら便利だとは思うが、身一つの方が好きなのだ。

ざわめきが聞こえてきた。市長らしきスーツの男性がピストルを手に現れ、台に登る。いよいよか。私は深呼吸し、合図を待った。あたりが静まり返る。

ターン。

ピストルと言っても、実はそういう形をしているだけの電子スイッチである。引き金に連動してスピーカーからスタート音が鳴り、スモークが焚かれ、電光掲示板がタイムを刻み始める。待ってましたとばかり、三万人近い選手たちが一斉に走り出し……とはいかない。道路一杯の道幅があるといっても、横に十人も並べばいっぱいいっぱいだ。満員電車のドアから人が降りる時のように、順番に少しずつ、ひねり出されていく。

ペースメーカーのゼッケンをつけた黒人ランナーと、招待選手たちがまず、飛び出していった。やがて私たちのAブロック全体がぞわぞわと動き出す。私は軽く腕を振り、前の選手のかかとを踏まないように気を付けながらジョグを始める。ビルの隙間を身震いしながら這う怪獣、その細胞の一つになったような気分だ。

僅かずつランナーたちの間隔は広がっていく。だんだんと、強くアスファルトを踏めるようになっていく。これから四十二・一九五キロの長い旅が始まるのだ。両脇の歩道では応援のお客さんたちが旗を振り、それぞれ何か叫んでいる。

スタートすると、私はいつも同じことを思う。

ああ、始まっちゃったか。

「理穂って人間ができてるよね」

昔から私は、そんな風に言われてばかりいた。優しい、お人好し、人格者……走るようになったのも、無関係ではない。あれは中学一年生の時だった。秋の体育大会前だから、九月くらいか。

「千五百メートル走、やりたい人いますか」

学級委員長は、うんざりとした様子だった。無理もない。何度呼びかけても、誰も手を挙げないのだ。

「やりたいわけないよね、そんなしんどいの。理穂」

前の席から振り返り、幼馴染の桃香が囁く。少し太り気味の彼女は、愛嬌のある丸顔でにまっと笑った。

「何でもいいから補欠になりたいな。きっと出場しないで終わるもん。理穂は？」

「私は……どうしよう」

校内体育大会の種目決めである。サッカー、ソフトボール、バスケットボール、卓球、リレー。桃香の肩越しに、黒板に並んだ競技名をぼうっと見つめていると、業を煮やしたように委員長が教卓を叩いた。

「もう。まだ立候補していない人の中から、じゃんけんで決めちゃおうか」

これに、何人かが頷いた。

「いいんじゃないの。時間が勿体ないよ」

「みんなやりたくないなら、それしかないよね」

教室の空気が変わったのを見てとり、桃香はがたんと椅子を鳴らして立ち上がった。

「む、無理だよ。私、千五百メートルなんて無理。走れない……一人だけ二周遅れくらいになる」

必死の訴えだったが、委員長は聞き入れなかった。

「仕方ないでしょう。条件はみんな同じなんだから、我慢して。はい、じゃあ該当する人は立って、じゃんけんの準備」

桃香はあたりを見回して、どうにもならないことを悟ると、みるみる青ざめていく。

弱々しいその背を眺めていると、委員長と目が合った。

「内間理穂さん」

「はい」

「はい、じゃないでしょう。何か意見があるのかと」

言われてようやく、私は自分が手を挙げていたのに気が付いた。桃香が不思議そうにこちらを見つめている。

そっか。私、そうしたいのか。

「私やります。千五百メートル走」

そう言うと、桃香を始め、みなが目を丸くした。

「立候補するということ？」

「はい。誰もやらないなら、私やります」

誰にも異論はなかった。チョークで書かれる内間理穂という名前が、見知らぬ文字列のように感じられた。

「ありがとう、理穂」

昼休みに桃香はぺこぺこ頭を下げ、お菓子をいくつか譲ってくれた。

「ううん、ちょっとやってみたかったんだ」

酸っぱい味のグミを齧りながら、私は微笑んでみせた。

体育大会の当日、千五百メートル走のスタートラインに並んでも、私はどこか他人事のような気分だった。そのまま走り、そこそこ大変だったけれど、終わってしまえばなんてことはない。髪から滴り落ちる汗をタオルで拭きながら、ふと体育館の方を見やる。そこでは桃香がベンチに座って、汗ひとつかかずにバスケットコートに向かって声援を送っていた。

あの時は、まさか自分がマラソンを走るだなんて想像もしていなかったな。くすっと笑ってしまう。

私は走っていると、昔の出来事を思い出したり、考えたりするたちだが、ランナーがみなそうではない。時計でペースを確認しながら手足を動かすことに集中する者もいるし、イヤホンをつけて音楽に乗ろうとする者、移り変わる風景を楽しむ者もいる。人間って全然違う。

こうして同じように背中にゼッケンをつけ、手を振って、足で地面を蹴っているのに……頭の中にはそれぞれの世界が渦巻いている。そう考えると整然と走るランナーの集団は、どこか不気味でもあった。

向かう先で、道が直角に曲がっている。並べられた三角コーンの脇を、ランナーたちが鋭く切り込んでいく。

ああ、もう五キロ走ったのか。

ようやく選手同士に隙間ができて、先頭集団とか二番手集団とか、駆け引きやペース配分を考える余地が生じてきた。

スタート地点で隣にいたランナーは、どうしたかな。どこかで様子をうかがっているのかもしれない。彼女も無事に、完走できるように祈ろう。

私は体を傾け、斜めに跳ねるようにしてカーブを走り抜ける。五百メートルほど進んだところに給水所があった。走りながらスポーツドリンクを取り、二口ほど飲んでから、中身ごと紙コップを握りつぶした。後ろから追突されないよう慎重に、少しだけ速度を落として脇に寄り、ゴミ箱に放り込む。

ほとんどのランナーは、ゴミ箱に見向きもしない。ただ、その場にぽいと投げ捨てていく。中には並んだコップを取る時に勢いがつきすぎたのか、周りのコップまでなぎ倒したあげく、舌打ちして駆け抜けて行く人もいた。おかげであたりはゴミだらけだ。高校生くらいのボランティアの青年が、慌てて拾っている。

手伝っている余裕はないけれど、せめて気持ちだけでも伝えたい。

ありがとうございます。

私は青年に向かって手を合わせ、頭を軽く下げる。

それから、再び前を向いて走り出した。向かう先は大通りだ。道の両脇に大きなビルが並んでいる。


「陸上部、入らない？」

あの声。誰の声だったかな。そうだ、高校の先輩だ。二つ上の森崎先輩。背が高くて痩せっぽちの、陸上部の先輩。

「君、走るの得意だって聞いたよ。運動部でもないのに、中学校の体育大会では毎回千五百メートル走に出て、上位入賞してたって。確か、三年の時には二位だったんでしょ」

食堂前の廊下で、興奮した様子でまくしたてられた。

私は答える。

「三位です」

「え？」

「二位は、一組の子だったと思いますよ」

先輩は慌てた様子でハンカチで汗を拭き、言い直した。

「いや、そう、そうなんだ。言い間違えた。でも僕は君を部に誘いたくて。良かったら、練習の見学だけでも来てくれないかな」

「そうですね……どうしよう」

「陸上、嫌かな？」

「わかりません、ちゃんとやったことがないので」

「楽しいよ。最初のうちは練習すればするだけ、タイムが良くなるから。そのうち体の使い方がわかってくる。風を切って走る感覚が掴めてくると、気持ち良くて、やめられなくなるんだ！」

森崎先輩は拳を握りしめ、熱く語った。

そんなに楽しいのなら、さぞかしたくさん部員がいるのだろう。そう思ってグラウンドに行ったのだけど、顧問の先生と森崎先輩と、あと一人、知らない先輩がいるだけだった。サッカー部や野球部の声が響き渡る中、どこか所在なげに準備運動をしている。

「人が足りなくて、誰彼構わず声かけてるんじゃないの」

たまたま居合わせた桃香が、そう言って笑った。

「そうなのかもね」

「え、理穂？　まさか、入るの」

私は頷く。

「どうして」

「別に、嫌ってほどでもないし。喜んでもらえるなら、いいかなと……」

私の背に、かけられた言葉、忘れられない。

「お人好しだなあ」


はあはあ、はあはあ。

二回吸って、二回吐く。

日常生活ではしっくりこないこの呼吸法だが、走っていると当たり前に感じてくる。

距離は、そろそろ十キロを過ぎたくらいか。

体が温まり、筋肉がリズムに慣れて、ようやく全力で走れるようになってきた。とはいえ、私のペースはさほど速くない。さっきから次々に追い抜かれていく。二番手集団からもはるかに離されてしまった。

背が高く、足の長い選手が大きく股を広げ、力強く道路を踏んで加速していく。サングラスごしに私を一瞥すると、すぐにぷい、と前を向いてしまった。

はあはあ、はあはあ。

観光地にもなっている大きなタワーを通り過ぎた。どうやら街の中心は抜けたらしい。だんだん高いビルが減り、街路樹や公園が増え、道沿いの応援客がまばらになっていく。

空は青く、空気は爽やかだ。

正直、走るならこれくらいが気持ちいい。足取りは軽く、体は羽が生えたようで、いつまでも走っていられそう。肌は軽くほてり、心臓は踊るように脈打つ。運動の喜びが肉体を駆け巡っている。

もっと、もっととうずくのを感じる。

ここで止められたら。

今、走るのを止められたら、それが一番健全だろう。

少しずつ速度を落とし、「リタイアします」と明るく宣言すればよいのだ。そしてタオルで体を拭いて、みんなにお疲れ様と挨拶をする。よく冷えたスポーツドリンクを自動販売機で買って半分ほど一気に飲んでから、熱いシャワーを浴びてさっぱりする。肌触りの良い清潔な服に着替えて、残りのスポーツドリンクをちょっと飲み、夫と合流。あちこちの出店を回って色々買いあさって、半分こして食べ比べていく。あー、今日はよく運動した、楽しい日だった、さぞかしよく眠れるだろう。そんな過ごし方がきっと、一番幸せなのだ。

はあはあ、はあはあ。

わかっていながら、しかし私は止まらない。

一歩、踏み出した勢いを腕に乗せて振り、その勢いで後ろ足を引っ張り出して、また一歩。止まらない。一歩が次の一歩を生む。動き始めた歯車は、こんなところでは止まらない。

この先は、楽しいだけではすまない。

他の人がどう思っているかは知らないが、私にとってはすこぶる不健全な世界が待っている。今、まさに踏んだこの一歩が、また踏んだこの一歩が、私をそこに連れて行く。

恐ろしい。

だが同時に、早くそこに辿り着きたいと渇望もしているのだ。

自分自身が分裂しているような感覚を覚えつつも、しかし二本の足は乱れず、私を推し進めていく。

再び給水所。

これで三箇所目か。ここで初めて、水やスポーツドリンクの他にスポンジが並べられていた。たっぷり水を含んだスポンジを一つ取り、足や喉に押し当てる。じゅ、と小気味よい気配と共に冷えた水が噴き出し、まるで雪でも浴びたような爽快感に包まれた。そのまま口にも持っていき、しゃぶるように飲む。汗のせいか、少し塩辛い。先に飲んでから体に当てれば良かったかもしれないが、これはこれで電解質を補給できたと考えよう。

水を吐き出しきったスポンジを手に、私はしばし困惑した。

ゴミ箱が見当たらない。

通り過ぎてしまったのだろうか？

速度を落として道路脇に寄れば見つかりそうだが、もうそれは許されない。私の肉体は、一定のペースで走り続けるだけの機械に変貌しつつある。無理に停止ボタンを押せば、ばらばらに壊れてしまいそうだ。

どうする。

「どうぞ。いいですよ、投げ捨ててください、回収しますから。いいですよ」

逡巡する様子を見てか、スタッフさんが叫んでくれた。私は目礼し、そっとスポンジを道路脇に投げた。

お人好しと言われて入った陸上部だったけれど、体を動かすのはそれなりに楽しかった。仲間、と言えるものもできた。森崎先輩と出た大会は、選手がたったの三人で、しかも全員ボロ負けだったけれど、それでも何となく青春を味わっている感じがして……二人の先輩は最後まで、ありがとう、ありがとうと泣いていた。

ありがとう、内間。お前が入ってくれたおかげで、俺、先輩から受け継いだこの部を、後輩に引き継げるよ。

その重みはいまいちピンと来なかったけれど、喜んでいたので良しとした。

二人の先輩が卒業して部員は私一人になり、自動的に部長になった。その時はインターハイを狙おうだなんて、本当に全く、一ミリも考えていなかったのだ。ただ普通に次の代に引き継げれば十分。もし誰も新入部員が入らず、私の代で陸上部が消滅となっても、それはそれでしょうがない。とりあえず、やれることはやっておこう――

そんな思いで部員勧誘を始めた。

男子バスケ部のマネージャーで、毎日レモンの蜂蜜漬けを作るのに忙しいはずの桃香も、手伝ってくれた。

「ちょっと、理穂。もっとやる気出しなさいよ。部がなくなるかどうかの瀬戸際なんでしょ」

「でも、他のポスターを剥がしてまで貼るなんて……」

「いいんだよ、どうせサッカーとか野球なんて、ポスターがなくたって人が集まるんだから。あ、男バスのポスターは残すけど。いや、リバウンド取れる子がどうしても必要なんだよね」

なぜか私以上にやる気に満ちた桃香にお尻を叩かれながら、校内にポスターを貼って回っていたときだった。

「陸上部が廃部寸前って、マジなんすか」

一人の生徒が声をかけてきた。

色黒で小柄な女の子だった。

「あの、私、中学で短距離やってて。でも最後の試合、怪我しちゃって……今度こそって思ってたんすけど」

切実な様子の彼女に、私は笑いかける。

「これから部員を入れれば大丈夫だよ」

「そうですか。あ、私入部希望っす」

私は桃香と顔を見合わせる。良かったじゃん、と桃香が囁いた。

「部長の内間。よろしく」

「一年の三辻るり子です。あの、センパイ。人数が多い方が予算も増えて、練習もできるってことすよね」

「そうだよ」

るり子は頷き、鼻息荒く宣言した。

「わかりました。私、集められるだけ集めます」

「いや、別に無理しなくても……」

「悔いを残したくないんで。絶対に」

止める間もなかった。駆け出していくるり子を、私は黙って見送った。

それからの展開は、まるでスポーツ漫画のようだった。

どうやって集めたのか、二週間も経たないうちにるり子は部員を一挙に十三人にまで増やしてしまう。さらに学校に働きかけて、陸上経験のある若い先生に顧問を替わってもらい、インターハイ出場を目標に据えての猛特訓を始めたのだ。部はにわかに活気づいた。その様子を見てかさらに部員は増え、夏前には一年生だけで二十人を超えていた。これが陸上部なのか、と校内のみんなはもちろん、私まで思うほどだった。

「中学時代の友達が、何人かいたんで、その子たちに広げてもらって。私の力じゃなくて、みんなのおかげっすよ」

「そっか」

走り込みから戻ってきたるり子は、私が差し出したペットボトルを「あざっす」と取り、喉を鳴らしてごくごくと飲んだ。他の部員たちも、次々に校外の一周コースから戻ってくる。ふらふらとへたり込むのを見て、るり子が手を打ち鳴らして叫んだ。

「はい、手早く給水して！　それから距離別の練習メニュー、始めて。短距離は私のグループね。ぱっぱと動こう、時間勿体ないよ！」

私が何も言わずとも、るり子がどんどん引っ張っていく。

「あ、センパイは中距離走の練習メニュー、お願いしていいっすか」

「うん。でも、前と同じやり方しか知らないけど……」

「じゃ、先生に聞いてください。あの人一通り知ってるはずなんで。さあみんな、張り切っていこ！」

拳を振り上げ、グラウンド中に響くような大声を上げる。私はそんなるり子に従うだけだった。

練習の結果は、すぐには出なかった。

いくつかの大会でるり子だけは上位に食い込んだものの、他は予選落ち。それでも、部員たちの目の輝きは、少しずつ増していった。

そして、秋の終わり頃だった。

「センパイ」

練習後のストレッチをしていると、るり子がいつものように、ずかずかと歩いてきた。

「相談があるんすけど。こないだタイム、測りましたよね。何人か伸びそうな子がいるんで、千五百メートル譲ってもらえないすか」

すぐには意味が分からず、私が瞬きしていると、いらついたようにるり子が言った。

「次の大会、一種目三人までじゃないすか。経験積ませたいんで、有望な一年を出したいんす。センパイ、千五百には特に思い入れないって言ってましたよね。だったら違う種目に出てくれませんか」

微塵も悪びれない表情だった。

「だけどタイムは、一年の子より私の方が良かったよね」

そう言うとるり子は、眉間に皺を寄せて私を睨む。

「そうすけど。まずセンパイ、やる気あります？」

ふと気づくと、一年生たちが水道の周りに固まって、こちらを見つめていた。

「なんかセンパイだけ、私たちと温度違う気がして。違ったら失礼っすけど。遊びでやってんなら、真剣にやってる子に譲ってもいいんじゃないすか」

やる気って何。やる気があるとかないとかって何。自分でわかるものなの？　簡単に他人と比べられるものなの？

「私より、千五百をやりたい子がいるって言うの」

微かに震える声で聞くと、るり子は「まあ、そうっす」と頷いた。

「……じゃあ、いいよ。私は三千か五千に出るから」

希望通りにしてあげたのに、るり子はいっそう不快げに顔を歪めた。それでも「あざっす」と頭を下げる。一年生たちがざわつく中、私はタオルで汗を拭くと、そのまま更衣室へと歩いて行った。

背後から、視線が突き刺さるのを感じた。


はあはあ、はあはあ。

橋を越えると、右手に塀が連なり、その向こうに緑が鬱蒼と茂っているのが見える。あれは確か大学の敷地だ。行けども行けども塀は途切れず、同じような景色がずっと続く。

はあはあ、はあはあ。

すでに鼻呼吸では苦しいので、口を大きく開けて息を吸う。空気が出入りするたびに、喉が渇いていくのがよくわかる。痛くて唾を飲み込みたいが、余計なことをするとリズムが狂いそうだ。耐えるしかない。

九十度のカーブ。体をそっと傾けながら左へ。少しだけ走って、また右にカーブ。

ただ曲がるだけなのに、体がみしみし鳴っている気がする。確か、このカーブを抜ければすぐに給水所が見えてくる。そこが二十キロ地点だ。

ここでもコップを取り、しばらく持ったまま走る。少しずつ少しずつ含むように飲んでから、何も考えずに道の脇に捨てた。やがて中間地点、と書かれた旗を振っている人が見えてくる。二十一キロと九十七・五メートル。

ランナーはここで二種類に分かれる。ああ、もう半分終わってしまったのかと残念がる人。まだ半分もあるのか、とうんざりする人。

きっと森崎先輩や、るり子は前者なのだろう。いや、好き好んでマラソン大会に出るような人は、だいたいそうかもしれない。走るのが好きなのだ。るり子に言わせれば、真剣なのだ。

私は、後者だ。

マラソンなんて何が楽しいのだろう。ただひたすら苦しいだけだ。汗はだらだら流れて気持ち悪い。ずっと同じ動きを繰り返しているから、脇や股、ゼッケンの下で服が擦れてあせもになっている。時々みしっと膝や足首に走る痛み。何もかも、家でゆっくりしていれば味わわずに済んだものだ。

休みたい。もう、休もうよ。

肺も心臓もさっきからずっと、そう叫んでいる。

確かに私は痩せ型だし、まあまあ足も長い。マラソンランナー向きの肉体だ。初めからそこそこ、走れた。素質があるよ、と言ってくれる人もいた。生まれつき決まる筋肉の割合も、持久力に勝る赤筋《せっきん》が多めなのかもしれない。

だけど私は好きじゃない。走ってタイムを更新したり、誰かより早くゴールに飛び込む行為に、何の面白みも感じない。ずっと昔からそうだった。譲れるものなら譲りたいと思ってきた。それなのに、どうして走り続けているのかって？

たぶん、バカなんだ。走る前はいつも思う。そんなに辛くはないだろうって。おそらく我慢できる程度だって。もしかしたら今回こそ、楽しさがわかるかもとか。

そして走り始めてから……ああ、やっぱりこれだ、面白くない、と思い出す。馬鹿正直に走り出してしまった自分の愚かさが、嫌になる。

唾が湧いてきて、溜まっている。なんでだよ、さっきまであんなに口の中が乾いていたはずなのに。意味が分からない。気持ちが悪い。激しく呼吸を繰り返す中、ぐっと飲み込むことも、ぺっと吐き出すこともできずにしばらく逡巡してから、口を少し下に向けて流れ出すに任せた。どろりと不快な感触が、顎と首筋を伝っていった。

ここから、上り坂。

高校を卒業して、ようやく走ることと縁が切れたと思っていた。

地元の小さな乳製品メーカーに就職して、ようやく仕事に慣れてきた頃だった。デスクで書類を整理していると、声をかけられた。

「内間さん、陸上部だったって？」

社長から聞いたよ、とにこにこしているのは七つほど上の、上司の男性である。

「しかも部長で、大会で賞状まで貰ったらしいじゃない。凄いねえ！」

「まあ。そうですけど」

戸惑いながらも、私は頷く。確かに面接の時、自己アピールとしてそう言った。だが私の功績とは言いがたい。るり子が部を引っ張り、まとめ上げ、鍛えたおかげだ。事実、女子総合成績三位として私たちの高校名が読み上げられたとき、部員たちはるり子に群がり、泣きながら抱き合っていた。閉会式で賞状を受け取ったのもるり子だ。一応、私も五千メートル走でそこそこ貢献したのだけど。

打ち上げを焼き肉にするか、中華料理にするかでみんながはしゃいでいる時、私はたった一人で荷物をまとめていた。一年生の何人かが気まずそうにこちらを見ているので、私は「気にしないで。用事があるから、先に帰るね」と告げた。

一人ぼっちで帰りの電車に揺られ、ほっと息をついたのを覚えている。私は安心していたのだ。そんな自分に、私自身も愕然としていた。

るり子が嬉しそうで良かった。みんな、練習の結果が出て良かった。千五百メートルを譲ってあげて良かった。空気を壊さずに、うまく打ち上げを彼女たちだけにしてあげられて良かった……。

そんな私に、上司は何を期待しているのだろうか。

「ねえ、じゃあマラソン出てみない？」

私は書類を整える手を止めた。

「マラソン……？」

「きっと内間さん、才能あると思うんだよ。ね、二ヶ月後に大会があるんだけど、そこで腕試しってのはどう」

「でも私、そんなに長い距離を走ったことはないですよ」

「大丈夫だよ、きっと。ね、ちょっとだけど、会社から手当ても出るからさ。疲れが残ったら、月曜日に有給取っても構わないし」

話が噛み合わない。首をかしげていると、相手は懇願するような目になった。

「ほら、うちの社長って昔駅伝してた人でさ、マラソンとか好きなんだよ。体にいいし、下手な研修よりも精神が鍛えられるって信じてる。社内でもどんどんやらせたいらしくてさ。来年までに俺、出場実績を作らないといけないんだ」

頼む、と手を合わせて頭を下げる。

「まだ誰も出るって言ってくれないんだよ。内間さんだけが頼りなんだ。いや、もちろん当日までには何人か、無理やりにでもかき集めるけどさ。誰か陸上経験者が出てくれたら、弾みがつくと思うんだよね」

弱り切ったという様子だった。その背は小さくしぼんで見える。

五千メートルだって楽じゃなかったのに、マラソンなんて。でもどうしても、誰かが出ないとならないのなら。私は他の人よりも多少は走るコツを知っている。それに、私はこういうとき……断れない。

彼は、私がうんと言うまで顔を上げなかった。


はあ、はあ。

はあ、はあ。

坂は終わったのに、急に足が重くなってきた。こんなに大きく口を開けて、こんなに息を吸い込んでいるのに、今にも心臓が爆発しそうだ。あたりの空気が薄くなってるんじゃないか。体に力が入らない。腕が痺れている。

次の給水所が、見えているのにこんなにも遠い。道が引き延ばされているんじゃないかと思うくらい。

一歩、踏む。その衝撃が足から頭まで突き抜ける。蹴り抜ける。反動で体がよろめく。自分が走る力で、転げそうになる。

一歩出したら、次の一歩。また次の一歩。それだけを考えて走り続ける。気が遠くなりそうだ。あと少しで給水所。ということは、二十五キロ地点。嘘でしょ、まだそれしか進んでいないの？

ガンバレ、ガンバレ。

がんばってください、がんばってください。

道の両脇からは声援が聞こえてくる。手を振る人がいて、中にはプラカードや旗を持っている人もいる。彼らの横を歯を食いしばって駆け抜ける。

頑張ってるよ。私、頑張ってるよ。

でもまだ、頑張らなくちゃならないの？

出るんじゃなかった。

最初のマラソン大会でも、そう思った。

タイムは五時間と少し。陸上経験者とは思えない、ひどい成績である。給水に戸惑ったり、靴紐がほどけたり、二回も転んだりと、ミスも多かった。

「それでも完走できたじゃないか、凄いよ！」

駆け寄ってきた上司を、ゴールするなりへたり込んだ私は呆然と見上げた。選手をかき集めるとか言っておきながら、結局出場したのは私一人だけ。上司自身は走らないのかと聞いたら、「誰か一人、サポートする立場の人も必要だから」ともっともらしいことを言って目を逸らしていた。

「大丈夫かい、ドリンクいる？　オレンジもあるよ。梅干しも持ってきた」

そう、私にタオルをかけてくれる。悪い人ではないのだろう。実際、彼はサポートとしては十分に働いてくれた。元々、選手よりもマネージャー気質なのだと自分でも言っていた。

「ねえ、内間さん。タイム見た？」

帰りのバスの中で、彼は数字のたくさん並んだ紙を差し出してきた。

「見ましたよ。さんざんでした」

私は完走の記念として貰った大会ロゴ入りのタオルを、膝の上に載せてぼうっと眺めていた。

「いや、全体のタイムじゃなくて。五キロごとのペースタイムもつけてもらったでしょ、渡した時計で」

「ああ、そういえば……」

「これ、かなり変わってる、というか面白いんだよ。内間さんって極端なネガティブスピリットなんだ。ほら見て、十キロ地点くらいからかな、おそらくセカンドウィンドでペース上がって、三十キロくらいでデッドポイントが来たかと思ったんだけど、そこからのペースが凄くて、たぶんランナーズハイかなって思うんだけど、それにしても」

「あの、言ってることがよくわかりません」

「あ、ごめん」

彼は詫びると、専門用語をできるだけ避けてもう一度説明してくれた。

「マラソンっていくつか戦略があるんだ。一定のペースでずうっと走る人もいる。前半にできるだけペースを上げて大逃げして、そこで稼いだタイムを元に、逃げ切ろうとする人もいる。それから前半はペースを抑えて体力を温存しておいて、終盤に一気に追い込んで、ごぼう抜きしていく人もいる」

「それでいうと私は失敗した逃げ型でしょうか。今日は早々にバテちゃって、後は無我夢中というか、訳も分からず走っただけでしたから」

「いや、違うんだ。内間さんは追込み型、それもとてつもない追込み型だよ。三十キロ地点でいったん歩いてから、もう一度走り出したでしょう。そこからのペースがちょっと普通じゃない。一キロあたり四分と少し。中盤は一キロあたり十分以上かかってるのにだよ。内間さんは追い込まれるとギアが切り替わるのかな。最後にぐいぐい追い抜いたの、覚えてない？」

「そんなに最後、ペース速かったですか」

「速いなんてもんじゃない。終盤じゃなくたって、こんなに走れる人はなかなかいないよ。内間さん、しっかり練習したら、入賞だって狙えるかも……」

そうですか、と私は受け流した。その場ではただの社交辞令だと思った。それに本当に、興味がなかったのだ。


はあ、はあ。

ぜえ、ぜえ。

呼吸はかすれ、ひゅうひゅうと笛を吹くような嫌な音が混じっている。住宅街を抜け、長い一本道の左右には野原が広がっていた。中年の男性ランナーがこそこそとコースを離れて茂みの中に入ると、ズボンを下ろすのが見えた。

このあたりで我慢できなくなる人が多いのだろう。尿の臭いがそこら中から漂っている。すぐそこにトイレもあるが、長蛇の列。そのへんで手早く用を足すのは、男性だけではない。誰もが見て見ぬ振りをしている。

私は、尿意や便意どころではなかった。お腹は時折締め付けられるように痛む。腕の痺れは激しくなり、手を振ると体が持って行かれそうになる。頭が重くて、あっちにふらふら、こっちにふらふら、真っ直ぐ走れない。力強い足取りのランナーが、私を大きく避けては追い抜いていく。

もうだめ。走れない。ううん、走りたくない。苦しい、苦しい、苦しい……。

――内間さんは追い込まれるとギアが切り替わるのかな。

その瞬間を待ち望んでいるような、少し怖いような。ここでリタイアすれば、切り替わらずに済む。どうする。私はどうしたい。

長い直線の折り返し地点。

三角コーンをぐるりと回る。

すり抜けざまに叩いていく人が多いのだろう、三角コーンには跡が残り、へこんでいる。私は転ばないだけで精一杯で、手を伸ばす余裕などはなかった。

苦しい。苦しい。苦しいよ。


目の前がちかちかする。

頭の中で、記憶が次々に切り替わっていく。

「君だな、期待の選手というのは。皆に紹介しよう」

会社の総会で、社長に呼ばれて壇上で挨拶させられた。

「ぜひいい結果を出してくれたまえ。これからは広告にも、社内のランナーをどんどん露出させていこうと思っていてな。いい牛乳を飲んでいるから走れる、走れるからいい牛乳を開発できる。我が社にふさわしいキャッチコピーじゃないか、そうだろう」

競走馬でも讃えるように、社長は私の背を何度か優しく叩いた。

「これであいつにでかい顔をされずにすむ。なあ、負けないでくれよ」

ライバル会社の名前を出して、顔を紅潮させて笑っていた。

勝利の暁には、私と上司にはボーナスが約束された。負けた時には？　わからない。何も聞いていない。

次の大会にも出ることになった。その次の大会にも。また次にも。

「こうなったら、本気で上位を目指そう！　内間さんならできるって。俺を信じてよ、ね。一緒に夢掴もうよ」

上司はやたらと張り切っていた。

いつの間にか会社に陸上部が作られていた。上司が部長で、部員は私一人。その後何人か入ってくれたけれど、上司がつきっきりでトレーニングをさせるのは私だけ。

「次の大会に向けて、戦略を考えてみたんだ。前回のプランがこうだった。で、今回のコースは後半に上り坂があるから……」

ミーティングルームでノートを片手にまくしたてる彼は、いつも楽しそうだった。

デスクにはマラソン指導の本が次々に増えていく。明らかに仕事が片手間になっていたけれど、それでも社長に咎められはしなかった。むしろ激励され、特別予算が与えられた。

自分のプラン通りに誰かを走らせるというのは、そんなに楽しいのだろうか。自分の部下がタイムをどんどん更新していくのは、そんなに気持ちいいことか。

わからないまま、私は走る。

わからないけれど、みんなが嬉しいのなら何よりだと、走り続ける。


ぜえぜえ、ぜえぜえ。

次の給水所が見える。三十キロ地点だ。

下り坂を一気に駆け抜ける。油断すれば頭から転げ、地面に突っ込みそうだ。

走りながら、ずいぶん色んなことを思い出してきた。だが、今頭に浮かぶのは苦しそうに走っているシーンばかりだ。そう、どういうわけか走ってばかりいた。何度も大会に出たし、そのためにトレーニングもした。

ガンバレ、ガンバレ。声が聞こえてくる。


ガンバレ、ガンバレ。みんながそう言う。

あの上司も、トレーニングする私にそう声をかけていた。走る私の横で、冷房の効いた車に乗りながら。へとへとになって座り込んだ私を見て、さっきまで眺めていたスマートフォンをポケットにしまいながら。タイムが伸び悩んでいると社長に文句を言われた後、さらにハードなトレーニング表を貼り出しながら。

どういうつもりなのか、わからなかったけれど。これだけ必死になって応援してくれるのだから、いい人なんだろう。

結果は出た。タイムは日を追うほどに縮まり、小さな大会なら上位に食い込むようになってきた。驚いたのは、ファンができたことだ。

「内間さんですよね。いつも見てます！　今日も応援してますから」

そう言って走り去っていく女子学生。

「一緒に走れるなんて光栄です。あの、良かったら握手してもらえませんか」

頬を赤らめて手を差し出す、若い男性ランナー。

「見ていると、元気が湧いてくるのよ。あらいけない、主人の応援に来たのにあなたの写真ばかり撮っちゃった」

品のいいおばあさん。

「サイン、お願いします……」

耳まで真っ赤にして、色紙とペンを突き出す子供。

やがて記者やスポーツライターに取材され、地方新聞や雑誌に記事が載り、ウィキペディアに項目までできた。

どうして？　ただ走っているだけの私を、どうして見るの。私なんかの握手やサインや、言葉に何の価値があるの。

「君の走りはやっぱり、見ていて爽快なんだよ」

たくさんの差し入れを袋にしまい、車のトランクに積み込みながら上司は言っていた。

「俺だって見とれちゃうもの。特にあの、ギアが切り替わってからのスパート！　ぐんぐん加速して、一気に抜き去っていく。何よりも表情が素敵だね」

「表情？」

その時初めて、走っている顔をみんなに見られているのだと気がついた。私は自分の顔を見られないのに。一体、どんな顔をしているのだろう。苦しそうに喘いでいるのか、それとも……。

「笑ってるんだよ。嬉しそうに。こっちまで気持ち良くなるような、そんな笑顔でさ」

そう聞いた時、はっと息を呑んだ。

「ほら、君は普段、何かに遠慮したような笑い方しかしないだろ。気を遣っているというか。だから、こんな顔もするんだって驚いたよ」

上司は少し照れくさそうに頭をかいた。

「うん。やっぱり言おう。俺、あの顔に一発で恋に落ちたんだ。これ……指輪、一応それなりの値段のやつ。君さえ良ければ、だけど。俺と、結婚してくれないかな」

握手の手や、色紙と同じように、私は指輪の箱を受け取った。

断ろうとは思わなかった。これを突き返したら悲しむだろうから。受け取れば喜ぶだろうから。大丈夫、私は平気。私がどちらでもいいのなら、誰かが幸せになる方がいいはずだ。

結婚式では社長が自らスピーチし、私はマラソンランナーに扮して新郎まで辿り着く余興をやらされた。みんな大笑いしていたけれど、私には何が面白いのかよくわからなかった。


苦しい。苦しい。

呼吸が乱れている。リズムが崩れている。息と足が合わない。どうやったら戻せるのかわからない。ただ吸えるだけ吸って、吐けるだけ吐く。ただ出せるだけ足を前に出し、蹴る。

お腹が痛い。下腹はずっと痛かったけれど、今度はあばらのあたりだ。背中も痛む。膝とすねも、みしみし言う。一歩踏むたびに、自分で自分を殴っているみたい。逆に痛くないのはどこ？　髪の毛とか？

目の奥が圧迫されて、ずきずきする。これ以上走ったら、眼球がポン、と破裂するんじゃないか？　いや、破裂するのはそれだけじゃない。心臓も、血管も、肺も、いや私自身が爆発してしまいそう。奇妙なことに、別に怖くないのだ。むしろ楽になるから、さっさと爆発してほしい。ほら、早く。盛大に、ポンと。

熱い。全身が熱い。肌が真っ赤に焼けているようだ。日差しは強いけれど、それだけじゃない。体内にこもった熱が、逃げ場所を求めて蠢《うごめ》いている。肌を内側から熱している。

吐き気がする。

胃の中のものを出したいという感じじゃない。

胃を出したい。体の中身、内臓全部を口からべろっと吐き出して、水をぶっかけて冷ましたい。できるはずがない、わかってるけど、そうしなくちゃならないと感じる。

なんで？

どうしてこんな思いをしなきゃならないの？

涙がこぼれそうだ。

目をぬぐうと、汗と涙が一緒になって滴った。塩辛い味が口に入ってくる。

助けて、ママ。助けて、パパ。誰でもいい、誰かこれを止めて。もう止めさせて。

私をもう走らせないで。こんなに苦しいんだよ。どうしてみんな私を走らせるの。そんなに楽しいなら自分で走ればいいじゃない。どうして私を、どうして私を……。

どうして私は、ずっと。

狭まった視界の中で、何かが光った。

見覚えのある顔が、応援の群衆から一歩飛び出して、手を振り叫んでいる。耳の奥で割れ鐘のような音がするので、何を言ったかは聞き取れなかった。いつものように「三十二キロ地点だ、ここからスパートかけて！」とでも言ったのかもしれない。

だが、朦朧《もうろう》としている意識の中で浮かんだのは、指輪を受け取った日の言葉だった。

彼はにっこり笑ってこう言った。

——俺、走るあなたをずっと見守ってあげたいんだ——

ふざけんなよ。

殺すぞ。

思わず笑う。ふらついていた足に、ぐっと力が入る。

お前のためじゃねえか。私のためのように言うけれど、百パーセントお前のためだろうがよ。人がはいはいと従ってれば、いい気になりやがって。イカれてんのか。

歯茎が外に見えるくらい、口角が上がった。さっきまで頭の奥でずきずき、がんがんと鳴っていた音が嘘のように静かになった。応援の声も聞こえない。全てがホワイトノイズと化していく。腕を思い切り振る。膝を振り上げ、地面を蹴り飛ばす。

クソどもが。

クズが、クズが、クズが！　死ね！

　踏みつける。あいつだと思って踏みつける。あいつの顔が道にいっぱい並んでいて、能天気にへらへら笑っている。私の靴の裏側には鋭いスパイクがいっぱいついていて、それで思い切り踏んでやるんだ。躊躇なんかしない。力一杯だ。鼻が千切れて、唇が破れて、目玉が転がり出せばいい。残酷だって？　自分の行いを振り返ってから言えよ！

　死ね、死ね、死ね！

　顔を潰すのも飽きた。次は体だ。自分はジョギングすらしない、なまりきった肉体。張り出た腹に、みっともない尻。きったねえ股間。くせえ足。全部ズタズタにしてやる。私の足で切り裂いて挽き肉にしてやる。コースは血まみれだ。トマトをぶちまけてトラックが走り抜けたみたいだ。

　くそ。どけよ！　邪魔すんな、ランナーども。今は私が道を踏んでるんだ。何楽しそうに走ってる、どけ！　応援客とハイタッチなんかしてんじゃねえよ、バカか？　後が詰まってんだろ。この際だから言ってやる。昔っから、お前らが全く理解できねえよ。走って何が楽しいんだ。私を巻き込むな。勝手に一人でやってろ。

　決めた。私は両手にナイフを持っていることにしよう。それも映画で兵隊が使うような、でかくて切れ味のすこぶるいいコンバットナイフだ。腕を振る度に、ナイフが空を切る。ほら、切ってやる。お前も、お前も、お前もだ。

切りつけられたランナーの反応はまちまちで、面白い。背中を切られて振り返るやつ。バーカ、私はとっくに追い抜いてるよ。足を切られてふらつき、ぶっ倒れるやつ。あとは這ってゴールまで行きな。首をスパッと切り落とすと、体だけしばらくよろよろと走り、その後パタッと倒れて痙攣《けいれん》する。そんなにまでして走りたいかねえ？　わけわかんないよ、ほんと。

ほら、逃げるなって。待て。殺してやるから待てってば！　あははは……楽しい、楽しい。どいつもこいつも、死んじまえ。前にはいくらでもランナーがいる。追いすがって、次々に始末していく。ざまあみろ。無駄。どんなに走ったって無駄。捕食してやる。

うるせえな。

何だ、さっきから耳障りな声がする。

ガンバレ、ガンバレ……。

またそれか。バカの一つ覚えだな。他に言うことないのか？　言われて嬉しいとでも思ってる？　偉そうに、人に命令すんな。頑張りたいなら、お前が頑張れ。自分の荷物を他人に乗っけておいて、手伝った気分になってんじゃねえよ。

そういう奴らが一番嫌いなんだ。クソほどいるけどな。

私はナイフを手に、応援客の方へ寄っていく。すぐそばを駆け抜けながら、わーわーと何やら言っている客どもをどんどん斬り殺していく。コースには首がぽろぽろ、私が通ったところを示すように並ぶ。ヘンゼルとグレーテルがパンくずを撒いたみたいに。

何が応援してる、だ。結果を出せなかったらあーあとか言うくせに。もっと有望な選手が出てきたら、すぐにそっちに行くくせに。勝ち続ければ、強すぎてつまんないと言う。負ければ、弱くてかっこ悪いと言う。お前らの魂胆はわかってる。ドス黒くてえげつないはらわた。

要するに、人がもがき苦しむのが見てえんだろ。さんざん食い合った結果、紙一重で自分が応援してる選手が勝つ、そのシーンを待ってるわけだ。それも努力して、なんか友人の死とかスランプとか怪我とかそういうの乗り越えて、涙の優勝。負けた選手も悔し涙を拭って、勝者と握手。はいはい感動感動。そういうことだろ、求めてんのは。あのね、それなら映画でも見てくれる？　私はお前らの奴隷じゃないんだわ。楽しませマシーンじゃないんだわ。

何が見てると元気が出る、だ。元気くらい自分で出せないなら死んじまえ。私には誰も元気づけてくれねえんだよ！

殺しても殺しても、減らねえな。むしろ増えてきやがった。沿道はびっしり客じゃねえか。手を振ってやがる。その腕切り落としてやる。右側はずいぶん殺した。次は道の左側の奴らを切り刻むか。

はあ。

ちょっと飽きてきたな。くだらない。

そもそも私が殺したいのは、こんな奴らじゃないんだ。もっと先に殺すべき人間がいる。昔からずっと、殺してやりたいと思ってた。そうだ、しっかりと計画を立てよう。レースが終わったら確実に始末できるように。必ずやるぞ。私の意志は固い。夫はもう殺したからいいか。次は？　あのデブ社長か。いつも偉そうに口出ししやがって。ボーナス？　全然足りねえよ。苦労に見合ってないんだよ。決めた、奴は切り刻む。社長室にいきなり入って後ろから足の腱を切ろう。そんでおろおろしてるとこを、指先から順番に刻んでやる。斧がいるな。ノコギリもか。ま、たぶん途中で面倒になるだろうよ。中途半端に腹とか頭に斧が刺さった段階で、窓から落とすか。地獄で好きなだけ、マラソンしてこいや、クズ。

次は誰だ。

クソ社員どもか。人にだけ走らせておいて、のうのうと仕事してやがる。お前らもやれよ。広告担当も営業も、人を看板にして楽《らく》しやがって。ビルに爆弾を仕掛けよう。全員ぺっちゃんこだ。いや、牛乳に毒を仕込むのもいいな。社会的に大問題になって、家族もろとも路頭に迷えばいい。どっちにしようか。両方でもいいな。迷うな。出社した時の気分で決めよう。爆弾とか毒ってどうやって作るんだろ。帰ったら調べよ。

あーっ、気持ちがいい。

一人一人、頭の中で殺す奴を並べていく。こいつはこう殺そう、こいつはこうだ、と組み立てていく。

楽しい。楽しくてたまらない。自然と笑みが浮かぶ。笑い出しそうだ。

もっと早くこうすれば良かった。どうして黙って言いなりになってきたんだろう。だってこのままじゃ、殺されるのは私だ。走らされて、ずっと走らされて、潰されるんだ。やるかやられるか。窮鼠は猫を噛む。思い知らせてやる。他の、私のような気の弱い人間の分まで。

桃香。森崎先輩。るり子。陸上部の後輩ども。ふざけた記者。スポーツライター。ファンを名乗るエゴイストたち。私にたかり、群がってきた蝿《はえ》のような人間たち。

殺してやる。みんな、順番に殺してやるぞ。清算の時が来たんだ。せいぜい震えて待っていろ。逃げても無駄だ。どこまでも追いかけてやる。何十キロでも、何万キロでも。私はやる。必ずやる。

さあ、終わらせよう。この下らないレースをさっさと終わらせて、帰ったら通販で本物のナイフを買おう。奴らが喉から血を噴き出して、ゆっくり動かなくなっていく姿を、早く見たい――。


「今、ゴール！　内間理穂、自己ベストタイム更新だ！」

誰かが叫んだ。わっと歓声が上がった。

「素晴らしいラストスパート、凄まじい追込みでした。もちろん、代名詞となっている『にこにこ』もいつも通り。本当に素晴らしい走りでした」

誰かが何か言っている。もう、前が見えない。一歩も歩けない。いや、自分が立っているのか座っているのかもわからない。ああ。誰かが私を抱きかかえて運んでくれている。飲料と一緒に、小さくカットされたフルーツが差し出される。

私を気遣う顔がいくつも見える。

あれだけ苦しかった呼吸が、少しずつ和らいでいく。

やがてぶるっと体に震えが走り、私は思わず肩をかき抱いた。

「おい、もう一枚ブランケットを。急いで、お願い！」

やはり誰かの声がする。夫だろうか。私は弱々しく首を横に振った。寒いわけじゃない。怖いの。

私は何と恐ろしいことを考えていたのか。二重人格なんていう言葉に逃げるつもりはない。あれは私だ。ゴールに飛び込んで倒れるまで、完全に本気だった。もう走らなくていいとなった瞬間、嘘のように消え失せた。

やはり今回もこうなった。追い詰められると、何かが弾け、恐ろしい私が出てくる。普段抑えつけられている暴力的な衝動。昔からずっと、耐え続けていた想い。あの私と今の私、どちらが本当の私なのだろう。

いつも複雑な想いになる。

あの私に会うのは怖い。だけど、一方では嬉しいのだ。お人好しの私にも、熱い意志があるとわかるから。過ぎ去った今では寂しくなる。大切な誰かが立ち去ってしまったような気がする。まだあの私はどこかにいるんだろうか。胸の奥に、宿っているんだろうか。不安で、確かめたくなる。

電解質入りのドリンクを飲み、やっと落ち着いてきたところを見計らってか、記者が近づいてきた。彼は何かお祝いのようなことを手短に述べてから、ペン型のボイスレコーダーを出した。

「もう一度、聞かせてもらってもいいですか。内間さん、あなたは何のために走るんですか？」

私は目を伏せて首を横に振る。

「何度聞かれても同じなんですよ」

口にしながら、切なくなる。早く次のレースに出たい。

「走っている時にしか会えない自分がいて、その自分に会いに行きたいんです」

記者は頷くと、にこっと笑った。

「走っている自分が、好きなんですね」

「そう……なんでしょうか」

「だって会いに行きたいってことは、そうでしょう？」

私も微笑みを返した。

「そうかもしれません」

早く、早く次のレースに。

そうしなければ、どうなるか。自分でもわからない。

内間理穂（うちま・りほ）

糸雫（いとしずく）乳業殺人事件の犯人。夫を含む、同僚六人を次々に刃物で刺し、現行犯逮捕された。死者三名、重体三名。「まだまだ殺すつもりだった」と供述して話題となる。元アマチュアマラソンランナーで、膝の怪我の影響で競技引退した直後の凶行であった。動機を「あの私にもう一度会うため」と語っているが真意は不明。社内の人間関係に問題があったという見方が主流。現在死刑囚。

選別

あのね。いきなり話しかけてすみません。

ずいぶん、盛り上がってましたね。いえいえ、文句を言いにきたんじゃないんですよ。ここが高級レストランならまだしも、ファミレスですからね。好きに話してなんぼの場所だと思ってますから。

ただ、聞こえてきたお話がね、とっても興味深くて。

母と妻とが溺れている。どちらか一方しか救えない。どちらを選ぶ？　これは究極の選択だ——でしたっけ。

あ、私さっきまですぐ後ろの席にいたんですけれども。しばらく考え込んじゃったんですよ。いえ、どちらを選ぶか悩んだわけじゃなくて。どうしてこれが究極の選択なのかなあって、不思議で。

けっこう、議論されてましたよね。

母親だ、妻はまた作ることができても、母親はたった一人だけだから、と言っていたのはそちらのあなたかしら。

妻でしょ、母親は親として、自分が先に死ぬ覚悟はしてると思う、と言ったのはあなたかな。お二人はご友人？　恋人同士？

そう、いいわねえ。

何だかね、懐かしくなったんですよ。

若い頃を思い出してね。今はこんなおばあちゃんでもね、少女の頃があったんですよ、ほんとに。

そうですね、あの当時であれば私も同じように、悩めたかもしれません。人命は尊いものだと、信じていましたからね。一人の命は地球よりも尊いと、文字通りに。ヒューマニズムって言うのかしら、こういうの。

恋に似ているわね。

お二人はお付き合いして何年目？　これまでに何人くらいお付き合いしてきたのかしら。肉体関係はどの程度？　あら失礼、私、ずけずけと聞きすぎですね。老人の戯《たわ》言《ごと》と思って、ご容赦いただけるかしら、すみませんね。

あのね、恋って、始まる前が一番美しいとは思いません？

女学生の間で恋愛小説が流行りだして、自分も貸してもらって、読んで……ああ、自分にもいつかこんな時が訪れるのかしら、そのお相手はどんな人なのかしらって、思いを巡らせている時。ロマンチックですよね。気になる男性に手紙なんか書いちゃったりして。一番盛り上がる時期。恋が夢そのものの時。

でも、実際に付き合ってしまうと、それは現実に変わってしまうわけですよ。どんなに素敵な王子様もね、鼻毛も生えるしおならもする。見えないところで鼻をほじったり、お尻のおできを潰して匂いを嗅いでたりする。まあ、それくらいなら愛嬌ってもんでしょうけど。結婚してね、一緒に暮らし始めるとその程度じゃすみませんよ。

ちょっと話がそれたかしら、ええ、ごめんなさい。これだけ言わせて。これだけ言ったら席に戻りますから、ね。

私がお伝えしたいのはね、ヒューマニズムも似たようなものだってこと。生活の中で恋や愛が色褪せるように、現実を目の前にしたら、人命なんてさほどご大層なもんじゃないと、わかっちゃうのよ。

このね、メニューと同じ。

あら秋野菜特集ですって。美味しそうねえ。来るたびに新しいメニューが出てる気がするわ。企業努力ね。本当にいい時代。

たとえばほら、ラーメンとステーキがあるでしょう。でもさすがに二つ食べるほどお腹は空いていない。ラーメンを頼んだら、ステーキは諦めなくちゃならない、逆もしかり。いつまでもどちらにするか迷い続けたままの人はいないでしょう。決めないと注文できないし、食べられないんだから。つまりはそういうことです。決められますよ。その時が来たら、きっと決められる。溺れている妻と母親、どちらを救うか。迷うとしたら、あなたが今、空腹じゃないってだけの話。

え？　意味がわからない。あらそうお。やだわ、怖いだなんて言わないで。話してる時の目が据わってて気持ちが悪いって、最近はお隣さんにも言われるのよ。視力検査した方がいいのかしら。このあたりで評判の良い眼科、どこかご存じない？

ね、提案があるの。こんなふうに考えてみたらどうかしら。

騙されたと思ってやってみて、ね。いいでしょう。

あなたは二十六歳。でもね、毎日がとても忙しいの。あ、だめよ、ちゃんと目を閉じて、想像して。思い浮かべるの、そう、お遊びのようなもの、だけどやるからにはきちんと真面目にね。あなたがなぜ忙しいかって、可愛い三人の小さな子供がいるからよ……。

一人目はね、陽太。

五歳になったばかりの男の子。生まれた時からよく寝る子で、大人しい性格。おしゃべりは得意なんだけど、ちょっと怖がりで、引っ込み思案なところがあるの。カボチャを甘く煮た時、陽太だけが手を出さなかった。初めての食べ物を口に入れたがらないのよね。じゃあ、いつチャレンジするつもりなのって思うけれど。でもその分、慎重。木登りでも何でも、自分には無理だと思ったらそこでスパッと諦める。だから無茶して大怪我、ってことはしない子。心根も優しいのよ。子供たちが野良犬を面白がって石を投げたり棒で突っついたりしてるのを見て、「犬が可哀想だけど、助けられなかった」と泣き出してしまうの。ああ、この子は誰かの痛みを感じられるんだな、って思ったのを覚えてる。

食が細いんだけど、好物は芋。もちろん、さつま芋だよ。ふかし具合にこだわりがあって、柔らかすぎたり固すぎたりすると文句を言って食べないの。いつも血色が悪くて、あばらが見えるくらい痩せてたから、あなたは何とかしてたくさん食べさせたくてね、色々苦労させられてるの。

二人目は、和代。

ようやく三歳になる女の子。陽太とは対照的な性格ね。口より先に手が出る、それも握りこぶしよ。生まれつきなのかしら、それとも上の兄弟がいると、そうなるのかしら。とにかくお兄ちゃんにできることは自分もできないと気が済まないものだから、無理して失敗して泣いてばかり。お兄ちゃんの本も鉛筆も取り上げて、でもうまく使えなくて、「きらい！」と地団駄踏んで投げ出しちゃう。陽太が優しいから喧嘩にはならないけれど、暴君もいいところだね。おっちょこちょいでもある。走るのは速いんだけどすぐ転ぶしね。虫にもすぐ興味を持って手を出して、潰しちゃったり刺されちゃったり。恐れ知らずだね、とにかく。その分肝は据わってる方かな。びくびくしてる陽太に比べて、どっしり構えてる。友達に玩具を取られても腕尽くで取り返したり。そういう逞しいところは、陽太も少しは見習って欲しいね。あ、でもね、あなたが疲れて寝ていると毛布をかけてくれたり、優しいところもあるのよ。

和代は食い意地が張ってるの。大人の皿に載ってるものも食べたがるし、お兄ちゃんの芋にも手を出しちゃう。でも、食べるのは遅いからね。麩菓子を抱えられるだけ抱えて、ゆっくりむしゃむしゃしながら、みんなに取られないようにじっとこちらを睨みつけてる姿なんか、微笑ましいものよ。

三人目は、征助。

この子はまだ一歳と三ヶ月。ハイハイはするんだけど、まだ立てないし、立とうともしないのね。陽太も和代も一歳の少し前には立ち上がってよろよろ歩いてたから、あなたはちょっと心配をしているの。何か体に問題でもあるのかしら。母親に相談してみたら、よくあることだから大丈夫、と言ってくれた。でもお姑さん、つまり義母ね、彼女には「義郎さんは一歳でもう走ってた。何かあったとしたら、あんたの責任だ」と冷たく突き放された。あ、義郎さんというのはあなたの夫の名前。このお姑さんは何かとあなたをいびってくるの。お見合いの当日はあんなに優しかったのに、どうしてこうも変わるのかしらね。

思えば結婚式を挙げたその日からもう、嫌な感じだった。

お姑さん、口調は丁寧で穏やかな人なの。いつもにこにこしていてね、ご近所の人とお話して、去り際に「ごめんくださいまし」なんて言うような人。あなたの前でもにこやかな表情は変わらないんだけど、ふと「呆れるほど掃除が下手ね。お里が知れるわ」なんて言うの。微笑みを浮かべたまま、よ。思わずあなたが立ちすくんでいると、そのまま「今日の夕餉は少し奮発しましょうか。食べたいものはある？」なんて機嫌良さそうに聞いてくる。どう、怖いでしょう。まだ正面から罵倒された方がましだと思わない？

そんなお姑さんにびくびくしながら過ごしているあなたは、発達の遅い征助を思うと少し気が重くなるわけね。

思うに、征助は少しのんびりした性格なんでしょう。ぼうっとしている時間が長いし、いないいないばあ、をしてもワンテンポ遅れて笑うの。そして、ちいちゃな指であなたの手にそっと触れて、人差し指をきゅっと握るの。それはそれで可愛くて、あなたは毎日おむつを何枚も替えながら、征助は征助らしく生きていってくれればそれでいい、そんな風にも思っているのよ。

ここまでで何か、質問はあるかしら。

え？　まさか、違いますよ、私の人生とは関係ないの。たとえばのお話ですってば。

さて、他に疑問がないなら続けましょうね。

あなたたち、日本が戦争をしていたことはご存じ？　ああ、良かった。私たちの世代では常識なのだけど、最近の若い方は知らなかったりもするって聞いたからね。それなら話は早いわ。

なら、空からアレが降ってくることも知ってるわよね。ええと、何だっけ。いっぱい、ぱらぱらっと出てくるやつ。落ちるときにシューッと、こう、包丁を研ぐような音がして……違う、雨じゃないわよ。

そう、焼夷弾《しょういだん》だ。

飛行機たちは、いつも通り過ぎていくだけだったのね。だから、あなたは編隊を組んだ銀の翼をぼうっと見送るのが常だった。工場や飛行場は爆撃されても、このあたりは大丈夫だろうってみんなが言っていたから、あなたもそう思ってたの。一応、避難訓練はしていたし、万が一のために水をくんだバケツはいつも軒先に用意してあったけれど。

夕食の後片付けを終えて、ようやく背負っていた征助を下ろし、おむつを確かめてから畳の上で寝転んで、おっぱいをあげ始めた時だった。和代は隣の部屋で、お姑さんと何か話していたね。お手玉でも教えてもらっていたのかな。陽太もしばらくそこにいたようだけど、やがて襖がすっと開いて、あなたのそばにやってきた。何を言うでもなく座って、絵本か何かを眺めていたね。

庭でカエルが鳴く声が聞こえてきてね。もうすぐ梅雨の時季だな、と薄暗がりで思っていたの。

ふと、空襲警報が聞こえてきた。

せっかく征助がもう少しで寝そうなのに、そう思いながらあなたも腰を上げた。征助をおんぶして、不安げに目を瞬かせている陽太と手を繋いでやりながら、防空頭巾を小脇に抱えて庭に出た。防空壕はね、お隣にあったからね。

のろのろと歩きながら夜空を見上げると、星がいっぱいに煌めく中、ごうごうと飛行機の音が聞こえたの。ずいぶん近く感じた。お舅さん、お姑さん、それから義理のお姉さんも一緒に住んでいたんだけど、彼らはもう外に出ていた。お姑さんの脇にいた和代がこちらを振り返って、お母さん遅いよ、と言った。

遅くなりました、とあなたが頭を下げようとしたときだった。

「あっ、燃えたぞ」

ぱぱっと軽い音がして、庭の奥、竹林の向こうが明るく輝いた。

「学校の方だよ」

「まずいぞ。応援に行かんと」

お舅さんがそう叫んで、バケツをひっつかんで走り出したの。お姑さんも近所の人が呼びに来て、慌ててそっちに行ってしまった。義理のお姉さんとあなた、そして三人の子供たちだけで防空壕へ向かおうとした時だった。

上からシュッ、シューッと変な音が聞こえて、前を歩く義理のお姉さんが、「あれっ」と顔を上げたの。

次の瞬間、目の前が真っ暗になった。

何が起きたかわからなかった。

長い間昏倒していたのかもしれないし、一瞬目眩がしただけかもしれない。とにかく気がついた時には地面に倒れていて、陽太が母ちゃん、母ちゃんと必死にあなたの体を揺すっていたの。あたりに熱気が立ちこめていた。青白い火がゆらゆらと燃えていた。

あなたは咄嗟に陽太に微笑んでみせながら、立ち上がろうとする。けれど動けなかった。何か重くて固いものが肩に載っている。体をひねり、押したり引いたり必死になって、それをどかした。木の柱だった。

何とか立ち上がってみると、あったはずの納屋がなくなっていた。そこにはいくつか、細長い筒が突き刺さっている。おそらくは焼夷弾が直撃したのでしょうね。納屋の壁が吹き飛び、柱は倒れて、あなたを叩き伏せたの。幸い、体には擦り傷しかないようだった。けれど打ち所が悪かったのか、あなたは左腕が全く動かない。だらんとぶら下がり、痺れたような感覚があるだけ。

あなたはすぐに、服の裾をそっと握っている陽太を抱きかかえ、全身を確かめる。奇跡的に怪我はなかった。次に陽太を連れて、和代と征助の名を呼び、あたりを捜した。柱の下を覗き込み、暗がりに目を凝らして。地面はべとべとしていて、歩きづらかった。きっと焼夷弾からまき散らされた油でしょう。いつ、そこに火が燃え移るかわからない。あなたは半狂乱になっていたね。

倒れかけた柱の近く、ふえ、ふえと細い泣き声を上げる征助と、その横でじっと座り込んでいる和代を見つけた時、思わず涙が出そうになった。神様ありがとうございます。思わずそう呟いた、その先に待ち受けることも知らずに。

おんぶ紐は千切れていたけれど、征助は無事だった。和代も傷はなかったけれど、青ざめた顔で、あなたと目を合わそうとしなかった。ひどく怯え、憔悴している様子だった。あたりの火勢は増し、いつここも火に包まれるかわからない。急いで逃げ出さなければ。

あなたは大声で、義理のお姉さんを呼んだ。

手伝って。子供たちを連れていかなくちゃ。お姉さん、どこ――。

その、地面にうち捨てられたぼろきれみたいなものが人間だとわかるまでには、しばしの時間が必要だった。そんなはずはない。これが、お姉さんであるわけがない。あなたはただ、不思議でならなかったの。どうしてお姉さんが着ていた小豆色のモンペが、すぐそこの柱の下でたごまっているのか。モンペにくっついている、ねじ曲がった大根の出来損ないみたいなものが、何なのか。

　不発の焼夷弾に潰されたお姉さん。その瞳は、あたりの炎を受けてちらちらと光るばかりで、もう命の灯はなかった。嘆いている暇はない。めちゃくちゃに叫び出しそうになる己を懸命に抑えた。

　頼れるのは自分だけ。陽太と和代と征助を連れて逃げるのは、自分しかいないの。左腕をもう一度確かめた。肩のすぐ下あたりで、おかしな方向に曲がっていた。

　母ちゃん、火が、火が！

　陽太が泣き叫んでいる。和代は放心状態のままだ。迫り来る炎の前に、もはや一刻の猶予もない。

　しっかり掴まっているように、と言い聞かせて陽太を背負い、片腕で和代を抱いた。征助の産着を噛んでくわえ上げ、その体重を左肩で支えた。だらだらと脂汗が垂れる。一歩、また一歩、滑る地面の上で、今にも攣《つ》りそうな足で進む。まるで重石《おもし》で体を押さえつけられているみたいで、ほんの少しずつしか進めない。歯が今にも砕けて下顎ごと落っこちそう。力を振り絞ったけれど、あなたにはとても三人を運ぶだけの膂力《りょりょく》がなかった。目論見が甘かったとしか言いようがない。だけど諦めることなんて、できはしない。

そこに無情にも——炎に包まれた柱が倒れかかってきたの。

やがて、あなたは河原にいた。

呆然と、水の流れを目で追っていた。

同じように避難してきた家族が数組、見て取れた。もう消し止められん、ポンプが動かんのじゃ、などと話し合う声も聞こえた。街のほとんどは無事だった。あなたの家を含めて三軒、そして学校が燃えただけらしい。飛行機はどこか別の都市を爆撃するついでに、ぽろりと焼夷弾をこぼしていったようだった。ぱち、ぱちと爆《は》ぜるような音を立てながら、竹林がまだ焼けていた。

道の向こう側から、見知った顔がやってくるのが見えた。お舅さんと、お姑さんだった。バケツを手に、体中ずぶ濡れになっている。あなたは弾かれたように立ち上がると、駆け寄って喚いた。

「大変です。い、家が」

舌がもつれて、言葉にならなかった。

「お姉さんが……お姉さんが。征助が、征助が」

さっと青ざめるお姑さんを見て、息が苦しくなり、あなたはへたり込んだ。しっかりせい、しっかりせいとお舅さんに支えられながら、あなたはぜえぜえと喘いだ。

その時、あなたは怖かったの。何か話すと足元から寒気が噴き上がってくるようだったの。

この子たちと無我夢中で逃げてきて、気づいたら河原にいました。そう言えたらどれほど良かったことか。現実はそう都合良くはいかないのね。

あなたははっきりと覚えていた。目の前に炎が迫ってきたその時、頭の中を駆け巡った様々な思いを。

このままじゃ死ぬ。無理だ。陽太と和代と征助、三人を連れては逃げられない。全員焼け死んでしまう。どうすればいい？　誰を救って、誰を……。

あなたは選んだ。

食いしばっていた歯を緩めると、征助が産着ごとぽたりと落ちた。体がぐっと軽くなった。和代をもう一度しっかりと抱き、背中の陽太の重みを確かめると、駆け出す。まだ小さな征助は悲鳴すら上げられなかった。うぇっ、うぇっと頼りない泣き声が、柱が倒れる物凄い音と、渦を巻く猛火に包まれて消えた。熱気が顔に吹き付ける。あなたは走りながら、一度だけ振り返った。ひどく嫌な臭いがした。

さよなら一つ言えなかった。

頭の中で、自分が二つに分かれていた。泣き叫んでいる自分と、冷静に己を見つめている自分とにだ。征助を見捨てたのは、冷静な方の自分。そいつはまだ、淡々と考え続けている。

これで正しかったのだ。

陽太は頭もいいし、明らかに出来がいい。将来が楽しみだ。何より家を継ぐ長男である。選ぶわけにはいかない。では、和代と征助だったら？　出来はどちらもどっこいどっこいか。頑固で短気な和代、のんびり屋の征助。選ぶとしたら征助だろう。明らかに足手まといである。それに、征助がいなくなればお姑さんの嫌味が一つ減るのだ……。

あなたは心の奥底で、これが合理的な選択だと、そう繰り返していたの。そんな自分が怖くて、知られたくなくて、あなたはお姑さんの前で泣いた。

涙が涸れるまで泣いて、みんなで燃えかすしか残っていない家に戻って、その日は近所の家に泊めてもらった。夜、ふと目が覚めて傍らの征助を抱き寄せようとして、腕が空を切った。もう飲む人はいないのに、お乳が溢れて、胸が張っていた。

馬鹿みたいだね。自分で選んだくせにさ。

……ふう。ちょっと水を飲ませてくださいね。

あ、そうか。このファミレスは、セルフサービスでしたね。

じゃあいいわ。

ねえお二人さん、分かってきたでしょう？　追い詰められると、意外と人間は冷静なものよ。究極の選択なんてね、あなたは夢物語のように語ってるけれども、実はすぐそこにあるのね、だから安心して。

え？　そうよ、大変だったのよ、戦争はね。

もちろん初めは近所のみんなで助け合ってね、何とかしのいでいたんだけどね。だんだん空襲が増えて、焼け出される人が増えていくとそうも言っていられなくなるの。

そう……お話の続きをしましょう。


あなたたちはいつまでも他人の家に、ご厄介になるわけにはいかなかった。かといって家はすっかり焼けてしまって、行き場はない。だから親戚を頼ることにしたのね。お舅さんとお姑さんは、彼らの次男の家に。あなたと陽太、そして和代はあなたの兄の家に、ひとまずは身を寄せると決めたの。

簡単な、本当に簡単なお別れの儀式を、崩れた家の前でしてから、それぞれに歩き出した。お舅さんは心配してね、女と子供だけでは物騒だ、俺もついていこうかと言ってくれたの。だけど、丁重にお断りした。兄の家は歩いて半日ほどだから大したことはないし、お舅さんと兄の折り合いはあまり良くなかったから。揉め事にならないように、遠慮したのね。ああ、あの時一緒に来てもらえば。今さら後悔したって全てが遅いのだけれども。

朝ご飯を食べて出発して、お弁当のお芋を食べるまでは順調だったの。天気も良かったからね。和代なんて陽太の分まで食べたがって、大変だった。陽太は優しいから、少し分けてやっていたけれども。あとひと踏ん張り、夕方には兄の家で休める。そう励まし合って、歩き出した。

そこからは林の中を抜けていくの。あたりに人家もない寂しいところなんだけど、まだ明るいから心配はしていなかった。野草や虫なんかを見つけながら、歌を歌ったり、時々疲れたとごねる和代をおんぶしたりして、進んでいった。ずっと前を、子連れの夫婦が歩いていて、彼らが見えなくならないようについていこう、なんて言っていたの。

ふと何の前触れもなく、奇声が響いた。

人の言葉には聞こえなかったのね。猿が喚いているような甲高い声で。でも、林から飛び出してきたのは紛れもなく人だった。ぼろぼろの服を纏《まと》った、髭がぼうぼうに伸びた中年の男。前を歩いている子連れの夫婦に、何か怒鳴りつけているように見えた。

聞き取れたのは断片的な言葉だけ。

バカヤロウ。ナゼダ。カエセ。イッツモオレバッカリ。

その中年男は、腕をぶんぶんと振り回していた。きらりと銀色に光ったので、あなたは刃物だと直感したの。次の瞬間、夫婦が倒れて悲鳴が上がった。

バカ。バカ。

すでに倒れて震えている体に、何度も刃物を突き刺しているのがわかった。あの男が何者だったのか、あなたは未だにわからないの。何か恨みがあって夫婦を待ち伏せていたのか、逆上した強盗だったのか、はたまたそれ以外の何かか。

どんなことでもありえた時代だったのね。爆撃で焼けた家に泥棒に入る人とか、空襲のどさくさ紛れに憎い相手を殺す人とかも、いたと聞くからね。警察だって、十分には手が回らないのさ。仮に家をなくして、家族も親戚も誰一人頼る者がいなくなったら、あなただって何をしていたかはわからない。

とにかく、ここにいては危険だった。

あなたは陽太と和代をかき抱くと、踵を返して駆け出した。まだ治りかけの左腕は痛んだけれど、何とか動いた。だけどその時、和代が手に持っていた人形を落としてしまったの。木でできたどうということもない人形だけど、父親からの贈り物だった。戦地に行ったまま、便りの途絶えたあなたの夫。無口だけど手先が器用で、人形も自ら作って与えたものだった。

和代が何か喚いたけれど、あなたは「我慢しなさい」と言い聞かせ、道を外れて近くの茂みに飛び込んだ。あれは、何の木だったのかね。ツツジかね……桃色の花が咲いていた。

足音が近づいてきた。

土を蹴散らしながらの、乱暴な音だった。

ワカッテルゾ。

男はおかしな発音で、甲高く繰り返した。

ソコニイルノ、ワカッテンダカラナ。

さほど濃い茂みではなかった。隙間から、きょろきょろしている男が見えるの。怒り狂った猿のような、物凄い形相だった。白目が黄色い。荒い鼻息がすぐそこから響いてくる。片手には包丁を。もう片方の手では、髪の毛を掴んで小さな子供を引きずっていた。その女の子は、血まみれの体を地べたに投げ出したまま、ぴくりとも動かない。

ドイツモコイツモ、オレヲバカニシテ。

男はふと、こちらに目を留めた。そして一歩ずつ、茂みへと近づいてくる。食いしばった歯の隙間から唾液がだらだら、流れ落ちている。大丈夫。まだ見つかっていないはず。

どきんどきんと心臓が鳴った。あなたは陽太と和代に覆いかぶさり、しゃがみこんだ二人の背をそっと撫でながら、息を殺していた。

あなたの鼻先十五センチほどのところに、黒い砂まみれの長靴が現れた。そのまま動かない。羽虫が一匹、ふらふらとやってくると、あなたの左目に飛び込んだ。声を上げそうになったが、必死にこらえる。やがて溢れてきた涙と一緒に、羽虫はぽつりと地に落ちた。

長靴が一歩、動いた。一歩、また一歩。遠ざかっていく。

引きずられている女の子と目が合った。そこにすでに光はなく、ぽかんと開けた唇は切れ、歯がいくつか抜けていた。さっきまで生きて、両親と笑い合っていたのに。

見つかったら、殺される。

あなたは子供たちの様子をうかがった。陽太は目を閉じ、耳を塞いでうずくまっている。賢い子だ。一番いい方法を知っている。和代は目を見開き、震えていた。死体を見てしまったらしい。あなたは囁いた。

だめ。目を閉じて。

しかし、和代の顔が引き攣っていく。目に涙が溜まり、口元がわなわなと震え始めた。泣く一歩手前の顔だと、あなたにはわかった。

男はまだ近くにいる。あたりを見回し、時折茂みに包丁を突っ込んだりしながら、あなたたちを捜している。

すうっと和代が息を吸い込んだところで、あなたはとっさにその口を手で塞いだ。力ずくで、押しとどめる。和代の目から、ぽろぽろと涙が零れた。微かな呻き声は漏れたが、男には気づかれずにすんだようだ。ほっとしたのも束の間、男が大声を上げた。

コレ、アルンダカラナ。

人形を掲げていた。和代が大切にしていた、少女を象った木の人形だ。

イルハズナンダ。クソ。

そして男は、人形の両腕を掴むと、力を込めた。

見ちゃだめだ。あなたは和代の目を塞いだけれど、何が起こったのか察しはついてしまったようだった。

憂さ晴らしのように、男が人形を破壊する音が響く。人形の腕が折れ足が折れ、あたりにまき散らされていく。一度はこらえた和代が、再び口を大きく開け、息を吸った。

だめ。

あなたは和代の鼻と口を塞いだ。すでに泣き出している。両手でなければ。和代に馬乗りになり、力いっぱい鼻と口を押さえつけるあなたの姿は、傍からは絞め殺しているように見えたかもしれない。和代は苦しそうに喘ぎ、鼻水を噴いて涙を零したけれど、それでも泣き声を止めなかった。

あなたももちろん気づいていた。このまま押さえ続ければ、和代は窒息してしまう。背筋に冷たい汗が流れる。

しかし力を緩めれば、男に気づかれるだろう。どうする？　男は狂暴で、まともじゃない。三人とも殺されてしまう。自分が囮になって、子供たちを逃がす？　無理だ。たいして時間は稼げないし、子供たちの足じゃきっと追い付かれる。じゃあ全員で逃げる？　逃げ切れる？　本当に……？

そして、あなたは選んだ。

どれくらいの時間、そうしていただろう。

日が陰り、からすが遠くで鳴いていた。男が悪態をつきながら立ち去ったのを確かめ、おそるおそる手を離した時、もう和代は息をしていなかった。目から、涙が零れた跡が残っている。

陽太がすぐ横から不安そうにあなたを見上げている。あなたは、自分が何をしたのか、よくわからなかった。いや、わかっているはずなのに、頭がぼうっとして悪夢の中にいるような気分だった。掌を見ると、和代の歯の跡。そして、唾液と一緒に、お昼に食べたお芋を吐き戻したものが、付着していた。

あなたは今すぐ、どこかの崖から身を投げてしまいたかった。けれど、母ちゃん、母ちゃんと縋りつく陽太を見ていると、そういうわけにもいかなかった。

和代の亡骸を抱いて、あなたは歩き出した。すれ違う人が変な目をこちらに向けたけれど、それでも何も聞かれなかった。今とは違って、子供が死ぬのはそれほど珍しくない時代だった。病気で、怪我で、飢えて毒の実を食って、野犬に噛み殺されて、毎日どこかで子供が死んでいたからね。

ようやく兄の家に辿り着いて、あなたは事の顛末を話した。

「お前は悪くない」

それだけ兄は言い、庭にお墓を作ってくれた。

あなたも、口にはしなかったけれど、そう思っていた。三人殺されずにすんだのだから、正しかったのだと。他に方法はなく、仕方なかったのだと。悲しいのに、一方でそう納得しようとする自分が、怖かった。

征助の時と同じようにね。

……ねえ、お二人さん。

私は思うんだけどね、どんな選択をしても、正しかったことにするしかないんじゃないのかね。だって過去には戻れない。たくさん悔やめば、失った命が帰ってくるというなら、悔やみもするだろう。だけど、そんなことはありえないんだ。

私はね、あなたたちに聞きたいんだよ。

母と妻とのどちらを救うか、そんな状況に追い詰められるのは確かに恐ろしい。だけど本当に恐ろしいのは、選択した後じゃないのかね。選択を正しかったことにしようとする、そういう人間の性《さが》が恐ろしいんじゃないのかね。

悪いとは言わないよ。過去を割り切っていかなくちゃ、人は生きていけない。だけどそうまでして生きたがる人間というのは、怖い生き物だよ。私が言うのもどうかと思うけどね。

陽太には、和代や征助のことをどう説明したんだったかね。

あの子は賢い子だから、全部わかっていたはずだよ。その上で何も言わなかった。聞こうともしなかった。あなたをこう、心配そうに見上げるばかりで。賢そうな眼差しでね、よくどこかを見つめて物思いに耽っていた。

ほとんどあなたを困らせない子だった。我儘も、文句も、あまり覚えがないの。お菓子も玩具も、気前よく弟妹に譲ってやって。たまにお金が入ったから何か欲しいものはあるかと聞いても、黙って首を横に振るんだよね。遠慮している、というのもあったろうし。そもそも欲が薄いというのもあったと思う。あるいは深いところで何か、諦めていたのか。

あの子の目に、戦争はどう映っていたんだろう。

突然家族が壊れたり、町が焼けていく姿を、どんなふうに捉えていたのだろう。無力な母親を見て、何を思ったのだろう。

兄の家に来てしばらく過ぎた、何気ない日だった。梅雨が明けてから急に暑くなってね、蝉《せみ》が鳴いていたのを覚えてる。兄の家は庭が広く、塀もなしに林まで一繋がりになっていてね。そこでかけっこをしたり、虫取りをしたり、よく遊んだものだった。

その日、空襲警報は鳴っていたんだかどうか。人間は意外にすぐ慣れてしまうものでね、あの恐ろしげなサイレンの音も、毎日のように聞いていると時報くらいにしか思えなくなるのね。

あの頃は、何だか変な感じだったよ。

兄はね、兵隊さんが戦いに行っている間、本土の防空は市民が担うのだ、とか息巻いて、避難訓練や防空の会合に寸暇を惜しんで足を運んでいた。落ちてきた焼夷弾が爆発する前にスコップで拾って、庭に捨てる練習をやっていたよ、大真面目にね。

一方で兄の義理の母は、爆弾が落ちてくればどこにいたって死ぬんじゃ、と防空壕に入らず、空を爆撃機が飛んでいても普段と同じように暮らしていた。不真面目だ、非現実的すぎる、とお互いに相手を非難してね。人の気持ちがばらばらだった。今思えば、みんなどこか狂っていたのかもしれない。

真っ昼間だった。

太陽がぎらついて、遠くに入道雲が浮かんでいた。こりゃ夕立が来るかな、と手を庇にして遠くを仰ぎ見ていると、ふいに飛行機が一機、青空に黒いインクがぽつんと落ちるように現れた。プロペラの音がしてね。

どこか、群れからはぐれた鳥に似ていた。が、頼りなく思えたのは僅かな間で、ぐいと体勢を立て直し、真っ直ぐこちらに向かってくる。銀色に輝く翼。味方の飛行機じゃない。みるみるうちに大きくなっていく。空気を裂く音が聞こえる。

あなたは陽太を呼び戻した。駆けてきた陽太を抱きしめた時には、大きなプロペラが一つ目の怪物のごとく、こちらを見据えていた。見つかっている。防空壕に逃げ込む時間はない。あなたたちは大きな樫の木の陰に、身を隠した。一瞬遅れて、ズダダダダ、と発射音がした。

現実の光景とは思えなかったよ。

あたり一面で爆発が起きているみたい。ダダダ、という機銃の音は想像していた通りだったけれど、鼓膜や頬の皮膚がぶるぶる震える感触、獣の雄たけびのような反響、まき散らされる砂ぼこり、そして金属と火薬の臭いは、初めて知るものだった。

エンジンを唸らせて、戦闘機は飛び去っていく。

あんなに小さいのか、とあなたは思った。あれほど強烈な銃を持っているくせに、牛車より一回り大きいくらい。爆弾を落としていく飛行機はもっと巨大な印象だったから、意外だったのね。しかし、小さい飛行機は力強く、身軽だった。遥か遠くでひらりと身を翻すと、再びこちらに向かってくる。

どうあっても殺したいのだ、あなたと陽太を。

兵隊でもなければ銃も持たない、ただの主婦と、子供に過ぎないのに。何をしたわけでもないのに。

慌てて樫の木の反対側に回り込む。再び発射音。木が激しく揺さぶられたかと思うと、甲高い音を立てて幹が裂けてしまった。

飛行機は旋回し、三たび襲い掛かってくる。

身を隠す場所はない。伏せたところで、あの地面を掘り起こすような機銃掃射の前では、無意味だろう。

母ちゃん。

陽太があなたを見た。

どうしたら陽太を救える？　どうしたら。近づいてくる。エンジンの音が、ぐんぐんと近づいてくる……。

そして、あなたは選んだ。

「林に向かって逃げなさい」

訳を話している暇はなかった。それだけ言いつけると、陽太の背を押す。陽太も、それ以上聞かなかった。不安そうな目で、しかしはっきりと頷いた。賢い子だ。本当に、賢い子だ。

陽太が走り出したのを確かめ、あなたも駆け出した。ただし林とは反対方向、原っぱの方へだ。飛行機の方を向いて、大きく手を振り、叫んだ。

こっちだよ。こっちを撃ちなさい。さあ。好きなだけ。

陽太があなたを振り返るのがわかったが、あなたは叫び続けた。

迫りくる飛行機の操縦席が見える。透き通った風防ガラスの向こう側で、操縦士と目が合う。あの林で出くわした中年男と同じ、怒った猿のような顔をしているかと思ったけれど、違った。

機嫌よさそうに笑っていた。

銀の翼が火を噴く。

あなたは見た。

陽太の上半身が赤い飛沫《しぶき》と共に吹き飛んだ。その足が数歩だけ慣性で歩き、そのまま草むらに倒れ込んだ。

あなたは空を見上げて茫然と立ち尽くすしか、できなかった。飛行機は大きく旋回すると、そのまま山の向こうへと消えていく。

どうしてこっちを撃たなかった。どうして。

問い詰めたくても、できはしない。子供の方が撃ちやすいと思ったのか。母親をより苦しめたかったのか。林に逃げ込まれる前に子供を撃ち、次に母親を撃つつもりだったが、何かの都合で引き上げたのか。わからない。

いずれにしろ、あなたは選べなかった。

相手が、誰を殺すか選んだ。

母親が自分とは反対方向に駆け出した時、陽太はどう思ったのだろう。そして銃弾に引き裂かれた時、何を考えたのだろう。

全てはほんの数分の間の出来事だった。


……わかったかしら？

お二人さん。どうですか、きちんと想像できましたか。ああ、そうお。良かったわ。なら、わかるでしょう。

選んだって、選ばなくたって、結局は……何かもっと大きな思惑に、翻弄されてしまうのよ。だから気兼ねなく選ぶといいわ。あなただって同じように、誰かに選ばれる存在でもあるのだから。

長話しちゃったわねえ。ありがとう。こんなおばあさんの話を聞いてくれて、本当に嬉しいわ。

ちょっとあなた、誰ですか。いきなり横から何の用ですか。今、私はこの人たちとお話しているんだけど。え？　警察？

ファミレスの店員さんが、念のために呼んだって。

あらまあ。心配かけちゃって、ごめんなさいね。

でも私、絡んでるつもりはないのよ。本当に、ただ楽しくお話していただけですものね、そうでしょう？

今日の所は帰りなさい、ですって。わかってるわよ。もう話は終わったから、これ以上用なんてないの。あら、警察が家まで付き添ってくれるの。それはありがたいわね。老人の独り身だと、色々と不用心だからねえ。よろしく頼みます。

ちょっと、せかさないでよ！　わかってるってば。はいはい。

そうだ、最後に少しだけ、いいかしら。本当にちょっとだけ、だから。ありがとう、親切ね、あなたたち。

教えてほしいの。

あなたたち、想像してくれたでしょう。三人の子供をなくした女性の気持ちを、感じたでしょう。ねえ、どうだった？

その、つまり……彼女は子供を救うために悩んで、どうするか選んでいたかしら。

ええと、何が言いたいかっていうとね。

だんだんわからなくなってくるの。ほら、記憶って結構曖昧なものでしょう？　自分の都合でしか覚えていなかったりするじゃない。それにこんな年になるとね、もういつ死んだっていいと思ってるんだけども、その分感じるのよ。自分の体から、生きたい、生きたいという凄い力をね。今日もほら、ここのランチプレートをぺろり完食、だもの。私なんかもう子供も産めないし、仕事もしない。それなのに、しっかりとお腹は減るのよ。とてつもない生への欲求だと思わないかしら。

あのね。

昔の彼女は、本当に子供を救いたかったのかしら？

もしかして……自分が火に巻かれたくなくて征助を捨てて、自分が見つかりたくなかったから和代の鼻と口を押さえて殺し、自分が撃たれたくなかったから陽太を先に飛び出させた……なんてことは、ないわよね。

選んできたのは、常に自分が生き延びることだけ。そうだとしたら、立派な人殺しってことになるのだけども。

ふふ、そんなことはないわよね。ないでしょう？

ないって言ってよ。お願い。誰かに否定して欲しくて、私はずっと、こうして……。

わかってるってば。痛い、痛いから。行くわよ。行けばいいんでしょう。横暴ね、警察は。これ以上続けると、署まで来てもらう、ですって。

いいわよ、それくらい。あ、そうね、この際おまわりさん、あなたでもいいわ。

じゃあちょっと昔話をしてみましょうか。はいはい、パトカーでも何でも乗りますよ。

あなたは二十六歳。でもね、毎日がとても忙しいの。ほら、ちゃんと目を閉じて、想像して。思い浮かべるの。あなたがなぜ忙しいかって、可愛い三人の小さな子供がいるからよ……。

植草たか子（うえくさ・たかこ）
一人暮らしの女性。特筆すべき点はなし。

信頼

警告：この人物の話をまともに聞いてはいけない。

お願いです、誰か。誰か話を聞いてください。聞いてくれるだけで結構です。このままじゃ、大変なことになるんです。自分のために言っているんじゃありません。わかってください。

なぜかみんな、私の話を聞いてくれないんです。誰かが私を、陥れているのです。そんなことをして、何の得があるのでしょうか？　私にはわからない……。

私の名前は一条優美《ゆみ》。二十八歳。仕事は、弁護士をしております。

青山学院大学の法学部を出たのち、東京大学法科大学院を経て、司法試験に合格いたしました。その後、叔父の経営する弁護士事務所で、働いて……いいえ。働いて、おりました。

結婚を機に退職したのです。

仕事は楽しく、やりがいもあったので、できれば私は続けたかったし……同僚たちにも、引き留められたのですが。

あの人が許さなかったのです。

結婚したら女は、家事をやるのが当然だと。

ええ、私が聞いていただきたいのは、あの人のことなのです。本当にあの人を殺したのが私なのか、どなたか、全く公平な立場のどなたかにご判断していただきたいのです。

ああ、そこに誰かいらっしゃるのですね！

良かった。本当に良かった。ずっと独りぼっちかと思っていましたから。話、聞いてもらえますか。

すぐにわかってもらえるはずです、犯人は私ではないと。そもそも私には、殺す動機などないんです。そして、気づくでしょう。私をこんなところに閉じ込めるのが、大きな間違いだと。


あの人の名前は、津久井祐太郎。

出会ったのは、まだ大学一年生の時でした。私は中学、高校と私立の女子校に通っていまして、かなり厳格なミッションスクールだったんですね。ええ、カトリックで、礼拝があり、聖歌を歌うような……そこから急に共学の、自由な雰囲気の大学に入って、かなり戸惑いがあったんです。同じ高校の友達は急に髪を染めたり、ファッションががらりと変わったり、彼氏ができたりしていて。私はとにかくクラスの行事とか、学部の歓迎会とか、合同のクラブ説明会とか、そういったものに出て、ついていくだけで精一杯でした。

そんなある日、友達に食事会に誘われたんです。今思えば合コンというやつだったんでしょうか。女性の数が足りないから、優美も来てと。そして、居酒屋というところに初めて入ったのです。そこで正面の席に座ったのが、津久井でした。

第一印象は、ハリネズミみたいだな、というところ。

背が低くて顔が大きくて、全体的に丸くて……茶色い髪の毛がつんつん尖っていました。はじめまして、と挨拶をすると津久井は上目遣いに私を見て、つぶらな目を瞬かせると、舌をぺろっと出しました。その時唾液がほんの少し、糸を引いたのが見えて。なぜかそれが、ぞくりとするほど嫌だったのを覚えています。

でも、津久井は親切でした。

飲み物を一緒に選んでくれたり、話についていけないとそれとなくフォローしてくれたり。だんだん場が盛り上がり、ちょっと強引にお酒を飲まされた時、「飲んでおくと明日が楽だよ」と水を持ってきてくれたのも津久井です。親切で、優しくて、気遣いができて。大人の男だなあ、と思ったのです。そのうち私は、すっかり津久井を信頼していました。だからそのまま、二人でどこかで飲みなおさないか、という誘いについていったのです。

連れて行ってもらったのは小綺麗なバーでした。自分が映画か小説の登場人物になったような気分で、うきうきしました。薄暗い店内で、ゆっくりお酒を飲んでいると、すぐ隣にいる津久井もまた特別な男性に見えたものです。何より、「ナッツが好物なんだ」とアーモンドを齧っている姿が何だか可愛らしかったんですね。小動物のようで。

二人で色々な話をしました。

津久井は同じ大学の医学部の三年生で、小児科医になりたいのだと言っていました。詳しくはわかりませんが、次の学年に進級するための大きなテストがあり、毎日勉強をしていて、今日はたまの息抜きに来たとのことでした。

偶然ですが、私の父も小児科医だったのです。子供が大好きで、怖がらせずに注射をするのがとても上手な人でした。でもね、私は父のやり方を見ていますから、全部お見通しなんですよ。ぬいぐるみを取り出して横で振り始めたら、あ、肩に注射をするつもりだな、という具合で。だから私だけは、いつも父に注射されると大泣きしていたんですけれど。困りはてている父の顔だけは、朧《おぼろ》げに覚えています。

私、中学生の頃に父を亡くしているんです。交通事故でした。それも誰もいない道で、一人で車ごと壁に突っ込んでしまったものですから、恨む相手もなく。とても真面目で、患者さんのためなら休日でも平気で仕事に行くような人だったので、たぶん過労だったんでしょうね。

亡き父の面影が、横でナッツを齧る男性に重なるような気がして。運命を感じてしまったのは、お酒のせいだけだったでしょうか。

それから私たちは連絡先を交換し、ことあるごとにご飯を一緒に食べたり、遊びに行ったりするようになって。夏が過ぎた頃には、お付き合いするようになりました。

私にとって、初めての彼氏でした。


実際に付き合ってみなければ、わからないこともあります。津久井と私の場合、その一つが金銭感覚でした。

デートのたびに会計を割り勘するのは当たり前。場合によっては、私が多く出す日もありました。ただ、これはあまり気にしていませんでした。彼は今、大事な時です。バイトなどで時間を無駄にするよりは、勉強に集中して欲しいと思ってましたから。

ただ、ものを貸し借りするようになってからはややこしくなりました。たとえばこの漫画が面白かった、と本を貸しますよね。お礼に津久井も、お勧めの小説を貸してくれるのです。後で返して感想を言い合うのですが、その前に彼は、私が返した本をじっと観察するのです。その目がとても怖い。何というか、値踏みをする商人のような顔つきなんですよね。

そして、私を睨んで言う。

「貸した時、こんなところに皺はなかったはずだ」

ごめん、鞄の中で押されてついちゃったのかも、と謝る私に、彼は畳みかけるのです。

「借りたものは、借りた通りの形で返すのが礼儀だろう。何より貸す前に言ったはずだが？　この本は僕のお気に入りなんだって。謝っても本は戻らない。同じ本を買うか、相応の金額を支払うべきだ」

驚きましたが、それほど大切なものだったのでしょう。私は仕方なく同じ本を探し回りました。古く、あまり有名な本ではなかったので、本屋では見つからなくて。結局ネットオークションで比較的綺麗なものを手に入れて、返したんですよ。その時はそれで一応、納得してもらえました。

次に困惑したのは、彼の家にお泊まりした時です。

彼は一人で暮らしていましたから、時々遊びに行っていたんですね。ある日、いきなり紙を突きつけられたんです。見ると、しっかりとした書式で印刷された請求書でした。内容は電気代に始まり、ガス代、水道代、シャンプー代、リンス代、石鹸代、トイレットペーパー代……あらゆる項目が並んでいて、最後に五千円ほどの合計金額が注意書きと一緒に記されていました。今月中に支払わない場合、延滞金をとる、と。

これには私もさすがに細かすぎる、と反論したのですが、聞き入れてもらえません。

「普通の使い方であれば、こんな請求はしない。でも君はシャンプーでも何でも、湯水のように使うじゃないか。ドライヤーなんてどうなってる？　一日中点けっぱなしかと思うくらいだよ。このままじゃ僕の学費は、君のために消えてしまう。僕だってこんなこと言いたくないんだけど、仕方がないんだ」

シャンプーもドライヤーも、彼よりたくさん使っていたのは間違いありません。しかし、短髪の男性と、背中まで髪を伸ばしていた私を比べられてもな、と少し不公平に感じました。

しかし、相手は応じません。男女の付き合いとはこういうものでしょうか。仕方なく私はその額を支払ってから、今度泊まりに行くときは自分用のシャンプーとリンスを持参するので、置かせてもらえないかと尋ねました。

「まさかタダってわけじゃないよな？　僕の場所を使うなら、その分の場所代、要するに家賃だね、とにかく金を払ってもらわないと。毎回持ち帰るってんなら、大目に見てもいいが」

私は困りました。

親からお小遣いは貰っていましたが、そう大金ではありません。こんな風に津久井に言われるたびに払っていると、私も参考書やノートなどが買えなくなってしまいます。

デートや、お泊まりの回数を減らすことも考えました。しかしそれはそれで、津久井に怒られるのです。

「恋人なら、愛情を表現しないと。愛情ってのはつまり、時間やお金を相手のためにどれだけ割けるかだ。週に一回は会わなきゃ。それができないというなら、浮気を疑われても仕方ないんじゃないかな。僕だけの意見じゃない。世の中の誰に聞いたって、同じようなことを言うはずだよ。これが常識だから。君は世間知らずだね」

結局私は、家庭教師のアルバイトを始めるしかなくなりました。

津久井は週に一回、必ず会わないと納得しません。

いや、週に一回は最低ラインなのです。週に二回、三回と回数を増やしてようやく、愛情が伝わるのだそうです。逆に週に一回を下回ると、それは裏切り。苦学生の津久井としては、精神に打撃を受けるほどだと言うのです。

「いいかい、確かに伝えたからね。文書にはしなくても、これは契約のようなものさ。君がこのルールを破るようなら、それは不貞行為だし、犯罪ってことだよ。僕は君を大切にするけれど、裏切り者には容赦しないから。弁護士に相談して、叩き潰すから、気をつけてね」

　週に三回は長期休暇などでもない限り無理でしたが、私は何とか週に二回は時間を作って、家に行ったり、彼の行きたいレストランなどに行きました。そういえばレストランやバーも、最初のうちは津久井がお勧めの店に連れて行ってくれたのに、次第に私が調べて予約を取ることが増えました。彼が忙しいからです。

　何が食べたいのかと聞くと「イタリアン」とか「ラーメン」とか言ってくれるので、それを元に探します。具体的な情報がある時は楽ですが、「何か美味しいもの」「さっぱりしたもの」というような時は難しく、しばしば文句を言われます。

「どうして、寿司が『さっぱりしたもの』なんだよ？　よく考えてみろ、マグロなんて脂たっぷりじゃないか。僕の胃腸を弱らせて、お前に何か得でもあるのか？　それに僕は、醤油があまり好きじゃないんだ。確かに言ってなかったけどよ、むしろどうして知らないんだよ。もっと恋人に、興味持てよ。お前、口でだけ好きだとか言っておいて、実際の僕を何にも見ていないんだな」

　そこまで言いなりになる必要があるのか、と言われてしまうと困るのですが……あまり深く考えていませんでした。レストランを探すくらいなら、そんなに大変ではなかったし。何よりも、夢に向かって努力する彼を応援したかったんです。

彼はずいぶん苦しみながら勉強しているようでしたから。

医学部というところは、どのくらい勉強が必要とされるのか、私はよく知りません。しかし朝から晩までやっても、足りないような世界みたいです。津久井は時々、血相を変えて部屋から飛び出していくことがありました。夕方に帰ってきたので何をしていたのかと聞くと、パチンコをしていたと言います。たくさんの物事を暗記しすぎると混乱してしまい、そうやって一度頭をリセットしないとならないそうです。よほど大変なのでしょう。

懸命に取り組んでいる彼は、健気に思えました。少しでもお金の心配をしなくてもすむように、パチンコ代も時々渡してあげました。私にできることは、そのくらいしかなかったのです。

しかし、パチンコというのは意外にたくさんお金が必要でした。これまでの家庭教師のお給料では厳しいので、私はバイト先を変えました。稼げる、ということで行きついたのが、夜の仕事です。初めは、ガールズバーから。接客の仕事は初めてでしたが、お喋りの相手だけしていればいいので、割と簡単でした。しかし、それほどたくさんのお金は貰えません。すぐ、バイト仲間に誘われて、キャバクラにうつりました。客層は明らかに変わりましたし、女の子同士の人間関係もちょっとどろどろしていましたが、こっちは一晩でかなりのお金を稼げるので、ありがたいバイトでした。

今思い返すと、キャバクラを始めた頃が一番楽しかったかもしれません。お金が十分貰えるし、そのおかげで津久井の機嫌もよかった。学業とキャバクラとの両立は大変だったけれど、希望もあった。あと少し我慢すればきっと津久井は試験に合格する。これだけ頑張っているのだから。やがて彼は立派な医者になって、十分お金が稼げるようになり、全てが報われる。

そう信じていたのです。

ただ、一つ問題がありました。それは私を育てた親です。

何となくご想像はつくかもしれませんが、この時代に珍しいくらい非常に厳格な親でした。高校生の頃も、どんなに部活や塾が長引いても、八時までに家に帰らなければならないという門限がありまして、五分でも遅れようものなら父は烈火のごとく怒るのです。

土日、祝日は朝八時に起きて、昼までずっと家中の掃除をさせられます。凍てつくような冬でも、長い廊下を濡れ雑巾で何往復もしなくてはなりません。夏は照りつける太陽の下、庭の雑草を抜き、彫刻に水をかけて磨いて。少しでも手抜きや見落としがあると、お昼ご飯が抜きになるのです。私は几帳面な方ですので、お昼を抜かれた記憶はありませんが、可哀想に二人の妹はしばしば抜かれていましたね。そんな時は少しだけ、おかずを分けてやったものです。

たまに、庭も部屋もたいして汚れていないことがあります。そんな日は昼前に掃除が終わってしまうわけですが、どうなると思います？　外を掃除させられるんですよ。たとえば近くの公園の落ち葉を拾うとか、知らない家の前の道路を洗ったりとか。なぜ昼まで寝ている人もいるのに、私たちだけが町を掃除しなくてはならないのか。子供心に理不尽だと感じていました。

父曰く、「商売の心は、掃除に全て宿っている」とのことです。

確かに父は一代で家具の輸入会社を興し、上場までこぎつけたような人ですから、家族全員が尊敬していましたし、その言葉には重みがありました。それでも、娘にまで押し付けなくてもいいとは思いましたけど。私は別に会社を継ぐ気なんてないんですから。

少し話がそれました。

つまりですね、こんな父親に彼氏ができた、などと言えるわけがないのです。それだけでも相当ややこしくなるのに、彼のためにキャバクラで働くなどと言ったら、どうなるか。考えるだけでも恐ろしいことです。

ばれないはずだったのです。

実家は関西にありまして、私は大学入学にあたり寮に入っておりました。キャバクラでも源氏名を使っていましたし、友達には私がバイトしているのは絶対に秘密ね、と口止めもしていました。ですが、ばれてしまった。

どうも寮の管理人さんが、父から特別に言い含められていたようで。おたくの娘さんが、最近夜に寮を出ては、朝に帰ってくるようだ、などと伝えたようです。

ある日母から電話があり、お父さんが怒っているからすぐに帰ってきなさい、と言いました。お父さんが怒っている。この言葉の恐ろしさは、我が家の人間でなければわからないでしょう。

逆らうことなどできません。私は初めて、津久井とのデートの予定を自分からキャンセルしました。津久井は「はあ？　僕がせっかく時間空けたのにそういう態度に出るの？」などと不機嫌な様子でしたが、どうしようもありません。何度も頭を下げ、後でどんなお詫びでもするから今回だけは、と言うと何とかわかってもらえました。

私はすぐさま新幹線に飛び乗って大阪まで帰りました。

道中、気が重かったことと言ったら……車窓から、太平洋に沈んでいく夕日を眺めて、列車が爆発してしまえばいいのにと願ったくらいです。

父が子供を説教する時は、いくつか決まりがありました。まず、必ず屋敷の三階に呼び出されます。グランドピアノが置かれた広い部屋でして、壁は防音加工されています。部屋のちょうど中央あたりに小さな木の椅子があり、そこに座って父が来るのを待つのです。独りぼっちで部屋を見渡していると、ひどく心細い気持ちになります。大きな本棚には楽譜などが並んでいるのですが、すぐ近くに竹刀《しない》も立てかけられていて、父が激高するとそれでお尻を叩かれる。子供の頃は、待つだけで泣きそうになっていましたね。父はそれを狙って、あんな頼りない椅子を置いていたのかもしれませんが。

たっぷり十五分ほども私を待たせて、ようやく父が現れました。やはりお説教の内容は、夜に出歩いていた件でした。

「どこへ何をしに行っていたんだ。勉学のために東京に送り出したんだぞ。遊ばせるためじゃない」

バイトをしていたんです、と私が答えると、父が指揮棒で譜面を叩き、大きな音が響き渡りました。

「言い訳になるか！　学費は十分与えているはずだ。お前が将来はプロのピアニストになりたいというから、一流の音大に入れ、ピアノの練習室つきの寮まで手配してやった。これ以上、一体何に金がいる」

父は、納得しない限りは決して諦めません。私は観念して全てを白状しました。恋をしていること。相手は医者の卵で、苦労しながら勉強をしていること。彼のために、もう少しお金が欲しかったこと。聞きながら、父は「そんなことだろうと思った」とは言いましたが、それほど怒りはせず、竹刀にも手を伸ばしませんでした。少し意外でした。

「まあ、お前もそういう年齢だ。やめろと言って聞くわけではないとも思っている」

太い眉を寄せて、父は私を睨みつけます。

「だが、中途半端は許さんとはかねがね言ってきた。それはお前もわかっているだろう。その交際は、真剣なのか？　つまり、将来は結婚を前提にしたものなんだろうな。もし、下らない動物めいた欲望に過ぎないとしたら、ただじゃおかんぞ」

私は津久井の顔を思い浮かべました。将来について、彼とは一度も話し合ったことがありませんでした。とにかく津久井が試験にパスするのが私たちの全てで、その先の話をする余裕も機会もなかったのです。

父は私を探るような目でした。言いたいことはわかっています。私は社長の娘。その恋は私一人のものではありません。

私が高校生になった頃から、すでに縁談の話はいくつも来ていました。お付き合いのある会社の御曹司だとか、海外の家具ブランドの跡取りだとか。パーティーなどで顔を合わせた方もいましたが、会ってすらいない人もいました。とてつもない美男子もいましたし、貴族の血を引いているという人もいました。こんなにたくさんの人が私と結婚したがっている。もちろん、私の魅力ではありません。私の背後にいる父、そして会社の魅力なのです。

　しかし父は、一度も私に結婚しろとは言いませんでした。これはいつだったか、酔った父がぽろりと漏らしたことですが、父は商売のために資産家の女性、つまり私の母と結婚したそうなのです。せめて娘には自由な恋愛をさせてやりたかったのかもしれません。

　そんな父の気持ちがわかるものですから、私は頷き、真剣に交際していると答えるしかありませんでした。父はしばらく考えているようでしたが、やがてぼそりと言いました。

「それならいい。だが、今は勉強に時間を使うべき時だ。金が必要ならやるから言え。そして折を見て、相手をうちに連れてこい」

　それで、話は終わりました。ほっとしたのもあり、深い愛情を感じたのもあり、立ち去っていく父の足音を聞きながら何だか涙が出てきたのを覚えています。

　その時は、この先に何が待ち受けているのか、想像もしていませんでした。


　東京に戻ったその足で、私は津久井の家に行きました。

　デートの予定をキャンセルして怒っていないか不安だったのもありますが、それ以上に早く伝えたかったからです。私たちの恋愛を、父さんが認めてくれたよと。

しかし、扉を開けて部屋に入ると、何か様子が変でした。電気はついておらず、雨戸が締めきられていて真っ暗。そして勉強道具があちこちに散らばる中、津久井がうずくまっていたのです。

私が声をかけると、彼はこちらを振り向きました。ほんの数日会っていないだけなのに、ずいぶんやつれたように見えました。そしてよろよろと立ち上がって歩み寄ると、いきなり私の首を絞めたのです。

何が起きたかわからず、避けられませんでした。

「お前のせいだぞ」

津久井はうわごとのように繰り返します。

「お前が僕にきちんと尽くさなかったから。お前がわがままばかり言ったから。だから勉強に集中できなかった。だから試験に落ちた。どうしてくれるんだ！　どうしてくれるんだ」

必死に抵抗しましたが、かなわず、私は押し倒されました。津久井の指が私の首を圧し潰していくのがわかりました。意識が遠のき、足の先っぽあたりが浮いているような、奇妙な感覚がありました。やめて、と言おうとしても声は出ません。ああ、死ぬんだなと。唇が震え、あぶくを吹き始めた時、津久井がようやく力を緩めました。

「殺したって意味ないな」

そう言う彼の目は据わっていて、不気味な光を放っていました。

「償わせないと。いいか、僕はいつでもお前を殺せるんだ。わかったか？　わかったらほら、これを見ろ」

突きつけられた紙束には、いつかシャンプー代や電気代を要求されたのと同じような形式で、数字が並んでいます。しかしその額は、合計で何千万かになる莫大なものでした。

「お前の負った借金だよ」

津久井がくすくす笑っていました。

「わかるか？　試験に落ちた僕は、もう終わりなんだ。留年する金は、うちにない。するとどうなる？　ここで退学だ。凄いぜ。全てが無駄になる。これまでの授業料だけじゃない。入学金はもちろん、高校からずっと勉強し続けた時間と、塾に払った金もだ。これだけの金を、他のことに投資していれば、僕はもっと幸せな人生を送れたのに、お前が全て台無しにしたんだ。わかるよな、この罪の重さ」

塾の授業料から、模試の受験料。さらに塾に通うための交通費、願書を送るための封筒代に切手代。ノートの冊数やシャープペンシルの芯の数まで、何ページにも渡って全てが計上されていました。津久井は本気だと、この微に入り細を穿つ請求書は、示していたのです。

いつのまにか津久井は私の背後に回り、出口への道を封じていました。さらにその手に包丁を握り、こちらに向けていたのです。

「しっかり払えよ。僕も鬼じゃない、三年の分割返済にしてやってもいい」

震えながら、私は言いました。留年分の授業料なら、何とかするから。諦めず勉強を続けてほしい、と。私はこの期に及んでも、彼が夢を捨ててしまうのが悲しかったのです。

津久井は激高しました。

「バカ言うな！　僕をこんな状態にしておいて。いいか、僕は病気なんだ。精神がぼろぼろなんだ。お金があったって、勉強ができる状態じゃないんだよ。全てお前のせい、お前のせいだぞ。そうだ、慰謝料も上乗せしなくちゃ。本来僕が稼ぎ出していたはずの将来の収入も、加算してしかるべきだ」

確かに津久井の言い分は、常軌を逸していたと言えるでしょう。しかし私は、あまりの異常さにかえって心配になったのです。このままじゃ、この人は壊れてしまう。いや、ほとんど壊れかけている、誰かがそばにいてあげなければ……。

頭の中を、首吊りの縄のイメージがよぎりました。だめ。それだけは、させちゃならない。これ以上大切な人を、私の前で死なせたくない。

というのも、私の父は自殺しているんです。

本当に、真面目過ぎるくらい真面目な人でした。祖父から継いだ小さな町工場を、家族同然の社員と一緒に回していたんです。何を作っていたのか、私にはよくわかりませんでした。きっと大きな機械の一部だったのでしょう、鉄材が十字に組み合わさったものとか、鋭く尖った形のねじとか、切れ込みの入った銀色の筒とか……そういったものを毎日、いくつもいくつも作っては、箱に納めてトラックに積み込み、得意先に届けるのです。父の思い出は溶接焼けした肌と、機械油の匂い。そして、「商売は儲けよりも人情、それで必ずうまくいく」という口癖でした。

急に部品が二百個必要になった、他はどこも受けてくれない、頼むからやってくれ。そんな無茶な依頼でも、にこにこと応じていた父。大した利益にもならないのに夜中まで残業していた父。きらきらした外壁の巨大な工場も、高層ビルの本社を持つ大企業も、実は父のような人間に支えられている。そう思うと、自分まで何か誇らしく感じられたものです。私は父が、大好きだった。

しかし大企業の人間とは、実に冷酷なものですね。

海外で大量生産の目途が立ったからと、すぱっと取引を打ち切ったのです。それも、通告があったのはたったの一ヶ月前。父の信じていた人情は、彼らには通用しなかった。大きな会社に勤めている人たちには、それがどれだけ残忍な振舞いか、わからないのでしょうね。いや、わかっていながら自分事として受け止めないのかもしれませんが。私は、ほとんど殺人に等しい所業だと思っています。実際に、それだけ父を追い詰めたのですから。

資金繰りに駆けずり回る父を、中学校に入ったばかりの私はずっと見ていました。日増しにやせ細り、顔色は青ざめていきましたが、父は微笑みを絶やさなかった。真っ当にやっていれば誰かがきっと見てくれている、だから大丈夫だ、そう繰り返していました。

私は父の信念を信じた。信じてしまった。

今思えば、そこで止めねばならなかったのです。

この人はもう壊れかけている。無理やりにでも休ませてやるべきだ——そう、感じていたのに！　私は、父を愛するがあまり、父を否定できなかった。いや、父のためじゃない。私のためなんです！　私は、受け入れられなかったんです。信念を失って会社をたたむ父を、見たくなかった！

父は、どれだけ追い詰められていたことでしょう。どこにも逃げ場はなく、借金取りに追われ、最後に行きついたのは裏の山に生えている大きな柿の木でした。

首を吊った父を見上げて、私も母もどうしたらいいかわからなかった。父が死んでしまったのに、いつも通り時計の針が進んでいくのが、明日が来るのが、自分が年を取っていくのが、理解できなかった。

もう、あんな思いは二度と味わいたくなかったんです。

私は津久井を抱きしめて、叫んでいました。お金なら払う、あなたが必要なだけ、何をしてでも払うと。津久井が壊れなければ、人が死ななければそれでいいという気持ちになっていたのです。

私は自分の夢すら、もはやどうでも良かった。父のような悲惨な死を少しでも減らすため、中小企業の味方となって大企業の横暴を食い止める政治家になりたい。そんな思いで必死に勉強し、奨学金で入った早稲田大学の政治経済学部でしたが、棒に振ってもいい。それよりも目の前の人を救わねば、私は二度と胸を張って父の墓の前に立てない、そう感じたんです。

それからしばらくは、苦しい時間が続きました。

津久井の示した金額は、まともなアルバイトでは到底追い付くものではありません。私はすぐに、風俗へと転身しました。初めはおっぱいパブ、すぐにピンサロ、そして三ヶ月もしないうちにソープ。実は、ソープ嬢になるのは意外にも抵抗がありませんでした。いったん覚悟さえ決めてしまえば、他の風俗とやることはさほど変わりませんし、お客さんやお店の人にも優しくしてもらえます。コンビニや家庭教師のアルバイトよりも、快適なくらいでした。

ただ、仕事内容はきつかったです。

これは純粋に肉体的なものですね。口や舌がへとへとになってものを噛むのにも苦労したり、太ももの内側など、変なところが筋肉痛になったりしました。おかげで大学との両立も難しくなり、しばらくは頑張っていたのですが、一回授業を寝過ごしてしまってからは、もう歯止めがきかなくなりました。気づけば単位は最低限しかとれず、このままでは夢だった小学校教員の資格も取れない。どうしてこんなことになってしまったんだろう？　へとへとで家に帰り、かさかさになったお肌にボディクリームを塗りこみながら、ベッド脇の寄せ書きを茫然と見つめました。教育実習で受け持った子供たちからの、プレゼントです。

「いちじょうせんせい、せんせいのしかくをとったら、またぜったい、もえぎしょうがっこうにきてね」

最初は一番難しい子だと思った、風香ちゃんのメッセージが目に留まります。何度も繰り返し話しかけ、少しずつ少しずつ仲良くなり、最終日には「誰にも言わないでね、約束だよ」と前置きされて、隣のクラスの洋二君が好きなのだと教えてもらうほど、親しくなったのです。思えばあれが、私の教師としての最初の成功体験でした。

その時は、まさか国際教師派遣機構から日本代表として選出され、まだ戦争の爪跡が色濃く残るフリリャーフカ共和国で校長をやるだなんて、想像もしていませんでした。

思えば人生とは不思議なものですね。生徒たちと砂漠に井戸を掘ったり、煉瓦を積んで校舎を造ったり。慈善事業に勤しんだ二十代だったんです。おかげで地元で顔が売れたのか、鉄道の開通式に呼ばれた時は、さすがに恐縮しましたけれど。何かと大変だったような気がしますが、こうして振り返ると一瞬の出来事のようです。

少し、話がそれました。津久井の話です。

しっかりと働き、お金を毎週届けに来る私の姿を見て、津久井もだいぶ安心したようです。いつぞやの病的な様子はすっかりなくなり、優しくて大人の余裕に満ちた彼に、だんだんと戻りつつありました。コンビニに出かけて、ついでに私にとコーンフレークを買ってきてくれるようなこともあり、嬉しくなったものです。

時々一緒にご飯を食べに出かけたり、バーに寄ったり。

かつてのような日々が、戻ってきました。

そんなある日、私は風俗の仕事がしんどい、と漏らしました。すると頷きながら話を聞いていた津久井が、しばらく考え込みました。ずいぶん長い沈黙の後、彼は切り出しました。

「実は、もっと割のいい仕事があるんだ。だけどこれまで、君を完全には信用できなかったから、言えなかった。ごめん。今なら紹介できる。どちらかと言うと頭脳労働だから、楽なはずだ。一時間で十万円は稼げるし、場合によっては百万稼げるかもしれない。人によって適性はあるけどね。何よりも、社会的に意義のある仕事だ。どうだい、やってみないかい」

願ってもない話です。津久井が紹介してくれる仕事ですから、怪しいものでもないでしょう。私は一も二もなく、飛びつきました。

そうして始めたのが、ニューロンスピーカーの仕事です。相手は、もっぱらバルティヌス知性体。特にレプトンを用いたディープエフェクションの解読を任されたのです。

私も初めは知らなかったのですが、宇宙には我々人類のほかに、様々な知性体が存在しています。知性とは均衡、宇宙の安定をもたらす力。人類は、他の知性体と絶えず連絡を取り合いながら、この宇宙が崩壊しないよう、日々取り組まなくてはなりません。この過程における、いわば通訳の仕事がニューロンスピーカーなんですね。

初めてスピーカーズドックに連れていかれた時は、そりゃあ緊張しました。なんてことのない雑居ビルに入り、エレベーターに特殊キーを差し込むと、一気に地下十五階まで運ばれるんです。降りてまず目に入ってくるのは、広大な地下空間に吊り下げられた、大きな土のボールですね。それが四方から、ライトで照らしだされている。ディズニーシーの入り口あたりに、大きな地球の模型があるじゃないですか。噴水が湧いていて。あの、十倍以上はあるでしょうね。

その土のボールには電極のようなものがいっぱい刺さっていて、長い電線が伸びていて、その先には小さな個室サイズの土のボールがあるんです。二十個くらいあったかな。五メートルおきに立っている、銃を携えた警備員に会釈しながら歩き、その一つに入ったところで、津久井が入り口から私に言いました。

「僕はここまでしか一緒に行けない。あとは、前任者に聞いてやってくれ。大丈夫、何とかなるよ。君のエッフェンバッハ指数は僕の百倍を超えていて、ルーフル近似値に近いくらいなんだから」

急に言われても困る、と焦りましたが、すぐに隣から話しかけられました。

「お前か、新人候補ってやつは」

前任者のホッジ来栖《くるす》さんです。ホッジさんは耳をほじくるのが癖で、いつも限界までほじくっていたらついに鼓膜を破って反対側の耳まで小指が突き抜けてしまい、聴力をほとんど失った代わりにニューロンが活性化して脳波通信ができるようになったという、いわくつきの四十七歳の紳士です。クマの毛皮を襟に巻いています。

「高給だからって、次々に志願してきやがる。生半可な覚悟で続けられる仕事じゃねえんだよ。耳ほじくったろうか」

初めは明らかに疎ましそうな態度でした。しかし研修を受ける中で、私が微細レプトンからバルティヌス知性体のブラックジョークまで鮮明に聞き取れることがわかると、とたんに態度を変えました。

「素晴らしい才能だ。君こそ、オラクル騎士団が長年に渡って探し求めていた人材かもしれない。くれぐれも体に気を付けて過ごすんだ。君は人類の宝なんだよ」

その日の帰りから、運転手つきの車が用意されました。津久井と二人で暮らしているアパートの隣の部屋には、ボディガードが住み始め、私たちがどこに行く時もついてくるようになりました。

しばらく信じられませんでした。誰だってそうでしょう？　自分が宇宙平和の鍵を握る存在だなんて、すぐに受け入れられるわけがありません。

しかし、みるみるうちに増えていく銀行口座の数字が、冗談ではないと示していました。バルティヌス知性体とのコンタクトが、レプトン域で行えるのは、私ただ一人。日本で一人、ではありません。世界に一人だったのです。どんな大企業の社長よりも、はるかに替えが利かない人間。なんということでしょう。

とてつもない急カーブを描いて給料は上がっていき、つい先日のシリウスショックに関する情報を解読し、あわやというところで地球ゼラチン化の危機を回避したときに、最高額を記録しました。いくらいただいたか、それはさすがにここでは言えません。

ホッジさんは「それでも安すぎる」と笑っていました。

「君は地球上全ての命を救ったんだ。全人類から十円ずつくらい、貰ったところで何の問題がある？」

さすがにこの展開は、津久井にとっても予想外だったようです。初めのうちこそ、昇給を一緒に喜んでくれたのに、だんだんといい顔をしなくなりました。

「少しくらい稼いだからって、調子に乗るんじゃないぞ。お前はただ運が良かっただけだ」

私がお金を稼ぎ、同僚からも評価され、やりがいを得ているのが彼には気に入らないようでした。そもそも彼に紹介してもらった仕事なのに。

「借金を返し切ったからって、お前は自由になるわけじゃないんだぞ。一生、僕のために尽くさなくちゃならない。もっと恩を感じろ。僕の機嫌をうかがえ。裏切ったら、決して許さないからな」

必死になってそう繰り返す津久井は、どこか哀れでもありました。その目には、いつかと似た危うい光が見え隠れするようになっていました。彼は不安なのです。これだけ私の愛に包まれていても、愛を見ずに不安ばかりを見つけ出し、抱きしめようとするのです。

大統領や首相が、私を表敬訪問した日などひどいものでした。

「僕は決して顔を出さないからな」
と部屋に引きこもったのです。それればかりか、アパートにやってきた彼らを私が居間に案内し、お茶を勧めている最中にいきなり飛び出してきて、「みなさん、こいつはクズなんです。僕を病気にしてひどい目に遭わせた、悪女の中の悪女なんです！」と叫んで私に平手打ちをしました。白けた空気が広がる中、津久井一人だけが高笑いしていました。

あんな男とは早く別れた方がいい。同僚はもちろん、フランスの大統領にもそう言われました。私たちの交際に賛成する人は、誰もいなかったように思います。

それでも私は、津久井を見捨てる気にはなれませんでした。なぜかは、うまく言葉にできません。自分で決めたことだから、投げ出したくなかったというのもありますし。彼の弱さを見るたびに、気の毒に思い、そばにいてあげたいという気持ちが湧き上がってくるのです。好きかどうか、それはわかりません。ただ、私は人として、道にもとるような真似はしたくなかった。この人を放り出して、自分だけ幸せになるなんて考えられない。

正しくありたかったのです。

ですが今思えば、私のそんな態度も、津久井をいらつかせていたのかもしれません。
大丈夫だよ、そばにいるよ。お金の心配も生活の心配もいらないよ、私は決してあなたを見捨てないよ。そう繰り返す私、全てを受け入れる私など、いらなかったのではないか。

あの人が本当に必要としていたのは、惨めに落ちぶれ、泣きながら許しを請う私だったのかもしれません。そんな私の頭を土足で踏み、「死ね」と絶望を突きつけて初めて、彼は満足できたのかもしれません。

いずれにせよ、もはや全てが手遅れになったのです。


その口喧嘩は、本当に何気なく始まりました。きっかけが思い出せないのです。とても些細なことだったのでしょう。確か夕方、私が食事を準備していた時でした。たぶんメニューや作業の仕方に、気に入らないところがあったのかと思います。

「お前、僕をバカにしてるだろう」

気づけば、津久井がそう言っていました。お決まりの台詞です。何か不満があれば、間にどんな理屈が挟まろうとも、彼はその結論に行きつくのです。ですがその日は、様子が少し違っていました。

目をぎょろつかせ、口からは唾液を垂らし、そして手には銀色のナイフを握っていたのです。

「許せない。もうお前を、許さないままにしてはおけない」

私は頷きました。

「殺してもいいよ」

ぎょっとする津久井。

「あなたがそうしたかったら、いいよ。苦しめたかったら、苦しめて殺していい。切り刻んでもいい。好きにしていいんだよ」

どうしてそこまで私が言ったのか、不思議に思いますか。簡単です。私は彼を愛していたからです。そもそも人間の根本とは、愛なのです。私はお金にも、名誉にも、何にも興味がありません。大切なのは、誰かを愛し幸せにすること。津久井が幸せになれるのなら、命だって投げ出せますとも。

これに喜んだのが津久井です。

「じゃあそうさせてもらう。まずこれを持て」

ナイフの柄を私に握らせました。

「しっかり触れ。ようく指紋をつけるんだ。よし、大丈夫だな」

次に自分はビニール手袋をはめると、ナイフを私から奪い取り、こちらに向けました。

「これでお前は自殺ってことになるはずさ。僕はずっと昔から、お前を殺したくてしょうがなかったんだ」

私は両手を広げ、目を閉じ、抵抗しないと示しました。彼が猛然と走り寄ってくる気配がしました……。

が、その時です。

頭の中に声が響き渡りました。

お前は死んではならない。宇宙の損失だからだ。

バルティヌス知性体でした。スピーカーズドックのニューロンキャプチャーに接続していないのになぜ？　しかしその答えもまた、バルティヌス知性体は造作もなく教えてくれたのです。

私はそもそも、ニューロンスピーカーに収まる器ではなかったのです。詳しく説明しましょうか。

彼らに聞いたところによると、宇宙は七種類あり、それぞれが別の時間軸、空間座標を持ち、振動している。この振動こそがエントロピーの増減であり、私たちの生命活動でもあるそうです。私たちの宇宙は七つのうちの三つ目で、バルティヌス知性体は四つ目の宇宙にいるとか。七つの宇宙は基本的に重なり合うことはありませんが、法則を無視して繋がる方法がたった一つあります、それが脳波通信。つまり、頭の中だけで宇宙は重なり合うのです。とはいえ時空をすっ飛ばして他宇宙と繋がるのですから、特別な素養が必要となります。普通の人では、ほとんど他宇宙の声など聞こえません。実用的なコミュニケーションができるのは、何百万人に一人という確率で存在する、ニューロンスピーカーだけです。

さて、バルティヌス知性体はなぜ、私たちに話しかけてきているのか？　実は宇宙の振動がごく稀に共鳴し合い、七つの宇宙がいっせいに接近することがあるのです。これが宇宙の誕生生や消滅にも関係しているそうですが、次に起きる大接近は、危険なほど極端らしく。そのままにしておくと、私たちの宇宙とバルティヌス知性体の宇宙がぶつかって、どちらも消し飛んでしまうのです。二つの宇宙を安定させるには、メンタルポールが必要です。いわば脳と脳を繋いで一本の柱を作り、基点にすることで宇宙の共鳴を制御して、衝突を回避するのです。バルティヌス知性体はずっと、精神軸のこちら側の端点を探していました。そのためにコンタクトを続けていたのです。

そして、ついに端点は見つかりました。

それが私だったのです。

私がこの宇宙の代表として端点になり、バルティヌス知性体の宇宙と繋がるしか、衝突を防ぐ方法はなかったのです。

少し駆け足で説明してしまいましたが、わかりましたか？

「うぎゃあっ」

目の前で、津久井がつんのめって悲鳴を上げました。

見ると、ナイフが手を離れ、空中で半回転したと思ったら、そのまま彼の胸に突き刺さったのです。信じられない光景でした。バルティヌス知性体の長、ジョムミョポロヌッヌが超能力で操ったと聞かされなければ。

噴き出る血を前に、私には何もできませんでした。手当てしようにも傷は深く、どうしたらいいかわからない。少しずつ青ざめていく津久井を見て、私も一緒に死にたいと思いました。しかし、バルティヌス知性体が許してくれません。何よりも、二つの宇宙の命運が私の手にかかっているのです。

ジョムミョポロヌッヌの声が聞こえてきました。

こうするしかなかった。だが、この状況ではお前に殺人の疑いがかかるかもしれないな。きちんと説明すれば、お前に罪はないと誰もがわかってくれるだろう。もちろん、我々がやったと正直に伝えてもらって構わない。

不運にも、物分かりの悪い人間ばかりだったとしても、心配はいらない。我々バルティヌス知性体は、どんな人間にも脳を通じてアクセスできる。声が届く人間には説明しよう。お前がやったのではないと、お前は宇宙平和の鍵を握る人間なのだと。声が届かず、あくまでお前を罰しようとする人間がいる場合は、やむを得ない。こちらから悪意を送りつける。その悪意が蓄積すると、人間の脳は少しずつ崩れていき、およそ一年ほどで健康を害する。そうして、お前を縛り付けようとするやつは、我々が排除してやる。お前は自分の仕事に集中すればいいのだよ。宇宙を救うという大仕事にね。

津久井を殺してしまったのは残念だったが、彼もまた自分の仕事を成し遂げたのだ。お前を見つけ出し、我々と引き合わせた。今頃彼も、死者の魂が住む宇宙、アストラルフィールドで満足げに微笑んでいるはずだよ。

では、また再会できる時を待っている。

バルティヌス知性体たちの声が消えた時、ドアをノックする音が聞こえてきました。アパートのお隣さんのようでした。

「どうしたの？　凄い声がしたけど、何かあった？　念のため警察呼ぶよ、いいね。聞こえてる？」

ぴくりとも動かなくなった津久井を見下ろしながら、私はただ、震えていたのです。

わかっていただけましたか。

津久井の死の真実を。

私には使命があるのです。早くここから出て、バルティヌス知性体に指示された場所に行って、メンタルポールにならなくてはなりません。私の代わりはいないのです、そして宇宙滅亡の時は刻一刻と近づいているのです。

極端な話をすれば、私は無罪にならなくてもいい。自分が助かりたいとはこれっぽっちも考えていません。私はただ、宇宙を救いたい。父も母も、バルティヌス知性体たちも、見ず知らずの誰かも、そしてあなたも助けたい。言っておきますが、自身をメンタルポールにすると、精神が崩壊してやがては死に至るそうです。つまり私はあなたのために命を擲《なげう》っているのですよ。よく考えてください。こんな人間を閉じ込めたまま、見て見ぬ振りをしていいのでしょうか？　後悔しても知りませんよ。

何より、私の邪魔をするとバルティヌス知性体が黙っていません。彼らが脳に悪意を送り、健康が崩れますよ。彼らはやると言ったらやるのです。宇宙の命運がかかっているのですからね、人の命など軽いものなんです。

さあ、早く行動してください。

今からでも遅くありません。宇宙はあなたの意思を、行動を見ています。救われたければ、大いなる宇宙意思を尊重し、メンタルポールという偉大なる十字架をこの地に立てる、先駆けとなるのです。

さあ。新世紀が近いですよ。

市原和恵（いちはら・かずえ）
　虚言癖あり。嘘を全て指摘するのは困難を極めるため、いくつか重要な事実のみ記載する。一条優美は偽名。実際の年齢は六十八歳。両親は健在、ただし疎遠で二十年以上連絡を取っていない。学歴は高校中退、直近の職歴は風俗店勤務。都内在住の大学生、津久井祐太郎の家に押しかけ、殺害した疑いがあり、責任能力鑑定中。
　なお、同僚の女性からはこのような証言が得られた。
「普段は物静かな人で、ちょっと浮いてましたね。いくら熟女系デリヘルと言っても、年が行き過ぎじゃないのかとは思いましたけど、まあ個人の自由ですし。よく待合室でお茶飲んでました。ただ、何かのきっかけで猛烈に喋り出すことがあって。一度、三時間くらい話を聞かされて流石にうんざりしましたね。内容？　出会い系で医大生の子と知り合った、向こうも私が好きみたいで、結婚するつもり。というか今さら婚約破棄したら、絶対許せないとか、何とか。どうせ嘘か、よくても単なる思い込みだと思いますけど。彼女、不思議なんですよね。自分でついた嘘が、本当か嘘か自分でもわからなくなってるように見えるんです。内容も変なところがリアルっていうか、細かくて。あれは天然なのか、計算なのか……私の意見ですか？　初めは天然、というか何かの病気なのかなと思ってましたけど。たぶん計算でしょうね。もし彼女に会う機会があったら、うんうんと頷いて話を信じている振りをしながら、よく観察してみてください。彼女はけっこう大げさに笑ったり、悲しんでみせたり、身振り手振りを交えて話す方ですが……目だけがずっと、変わりません。常に爬虫類のような冷たい視線を向けているはずです。反応をうかがっているんですよ。そして、嘘の内容を少しずつ変えてきます。あなたの心に入り込む隙間がないか、指先でそっと探るように」

真愛

君、肉は好き?

そっか。

うん、僕は大好きだよ。この世で一番好きなものが肉なんだ。

もちろん、味が素晴らしいよね。口の中に広がる旨味、深いコク、脂の香り。舌がとろけるような滑らかさ、命そのものを噛みしめるような歯ごたえ。繊維がほどける感触の楽しさ。飲み込めば、喉をこじ開けて腹に入っていく、あの満足感。

さらに、肉は調理中も楽しませてくれるんだ。

君は料理をするかな。

僕は牛脂を菜箸でつまんでフライパンに載せている時の、あのちりちりと脂が弾ける気配がたまらなく好きだ。それから、オーブンでしっかりと鳥を熱すると、汗でもかくみたいに脂が流れ出し、だんだんと表面が焦げ茶色になっていく、あの生々しい変化も見ごたえがあるね。真っ赤なステーキ肉が、表面は香ばしく焼けて、中は柔らかく赤いままの姿を晒しているのを見ていると、何だか気恥ずかしい気分になったりして。丸出しの裸よりも、何か着て隠している方がエロティックに見えるのに似ているよね。

　そうそう、ついさっきまで生きていて、切り出したばかりの肉に手を突っ込んだことはある？　とても温かいんだ、いや、熱いと言った方がいい。鳥なんかはね、人間よりもずっと体温が高いんだけど、触れると炎のように感じられるよ。実際に測ると四十度と少しなんだけどね。

　ああ、豚肉の塊は、一度切ってみた方がいいな。業務用スーパーなんかで肩ロースでも買ってごらん。重くて大きくて……固いよ、とても固い。だけど表面の脂は柔らかくてべとついて、指で押すとほんの少し沈む。こいつをよく研いだ包丁で、目に沿って切っていると……不思議な気持ちになってくるよ。今自分は一体、何を扱っているんだろうって。粘土のような、樹脂のような、正体不明のマテリアルなんだ。ほんの少し前まで、確かに命だったもの。初めは生々しいほどに肉体の形を残しているけれど、骨を取り、血管をそぎ、少しずつ少しずつ手をくわえるうちに、小さな赤っぽい肉片に変わっていく。最後には、すっかりスーパーでパックに詰まって売られているものに変わってしまう。なんとも劇的な体験なんだ。誰かを心を込めて埋葬したような、そんな静謐《せいひつ》な気持ちになれる。

　わかるかな、肉は五感で味わうものなんだ。食べるだけじゃない。見て、触って、聞いて、嗅いで、思いを馳せて、そして味わう。それが肉を余すところなく楽しむ秘訣なんだ。

　僕はそう気づいてから、あらゆる肉を愛せるようになったよ。

　新鮮な肉も、熟成した肉も、少し傷んだ肉も。ロースもカルビもヒレもランプもサーロインも。鳥や豚や牛のようなメジャーな家畜はもちろん、ジビエだってね。シカやアナグマ、イノシシ、それからスズメやカエル、ウサギ。魚や貝もいい、もちろん人肉だってね、素晴らしい肉なんだ。


　僕は、いつから肉が好きだったのかな。物心がついた頃には、当たり前のように好きだったよ。好きなものを聞かれて、肉以外を答えた記憶がないんだ。卒業文集なんかにも肉について書いた覚えがあるし、誕生日プレゼントも肉をねだったね。

　おそらく、生まれた時から好きだったんじゃないかな。ねえ、人は肉を食うより前から、肉が好きだなんてことがありえるかな？

　僕は、あると思う。

　そもそも肉って、食べ物とは限らないんだよね。たとえば水を、飲み物としか考えないとしたら、ひどく狭いものの見方だもの。水の用途ってとても広いよね。洗濯にも使うし、お風呂にも使う。水は船の道であり、植物の餌であり、凍らせれば鈍器にも建材にもなる。氷で航空母艦を作ろうとした国があるって、知ってた？　水はどこにでもある。地球は水の星。水は命の源。世界の根源。水ってのは、本当に偉大なものだよ。
うん、肉もね。
肉にも同じことが言えると、僕は子供の頃から知っていた。誰に教えられたわけで
もない。自然と、そう感じていたんだ。
でも、考えてみてよ？
僕たちは肉の中で生まれる。肉の中で育ち、肉の道を通って外に出てくるんだ。肉
を動かして笑い、肉を動かして話し、肉を触れ合わせて愛し合う。肉を食べて肉を作
り、そして死ねばその肉は、草木や小動物たちの栄養となったりもする。
水がなけりゃこの世は回らないのと同じで、肉がなけりゃ魂がどんなに崇高だろう
と、何にもできやしない。全ての命は、肉があってこそなんだ。
こんなに神聖なものが、他にあるだろうか？
ああ、母なる肉！　地球は肉の星だよ！
肉への想いは、年齢を重ねるとともにますます確たるものになっていくようだよ。
僕が「肉が好き」と言うと、周りのみんなはおかしそうに笑ったり、「だろうな
あ」とにやついたりしていたものだった。いや、別にいいんだ。確かに僕は子供の頃

から太っていたし、顔も頬がぷっくりと出た、しもぶくれだった。別に肉の食べ過ぎでそうなったわけじゃないけどさ。遺伝ってやつだよ。そんなやつが「肉が好き」なんて言うと、ユーモラスに見えるんだろうね。みんなに面白がってもらえるのは別に嫌じゃなかったから、いちいち言わなかったけれど。「肉が好き」っていうのはね、僕にとってはもう少し広い意味を持つ言葉なんだ。

たとえるなら「世界は美しい」とか。「自分を愛している」とか。「人生は素晴らしい」とかね、そういう言葉なんだ。

肉に関して言う限り、僕は早熟な子だったんだろうな。

肉というものを知った時から、僕は肉に近づこうと努力し続けてきたんだ。まずは、お母さんのお手伝いだね。今日はハンバーグだよ、なんて言われたなら、すぐさま遊びを切り上げて台所に走っていった。もちろん、肉をこねるのを手伝うため。初めのうちは言われたとおりにやっていたけれど、そのうちお母さんは肉タネ作りをまるまる任せてくれるようになった。嬉しかったな。

塩をくわえると粘りが出て味わいが深くなる。水をくわえるとジューシーになるけれど、代わりに水っぽくなる。玉ねぎや人参のみじん切りを入れるかどうか、繋ぎに小麦粉や卵を入れるかどうか、そういったちょっとした違いで驚くほど感触が変わるんだ。寒天やゼラチンを入れるなんて裏技もあってね。本当に、何回でもやりたかったし、何時間でもこねていられた。楽しくて楽しくて仕方なかった。

一番好きなのは、繋ぎも塩も水も何も入れない、そのままの挽き肉をこねることだったけどね。僕という肉が、肉をこねている。間を分かつのは皮一枚。次第に体温が移り、肉と肉の境目が曖昧になっていくような気がして、ああ、僕と肉は一つに……陶酔感。そうだね、陶酔感だね、あれは。

調理実習で肉を扱うとなれば、喜んで作業を買って出たものだよ。カレーを作る実習だったかな。豚肉の切り落としを、さらに細かく切っていく仕事でね。僕は、クラス全員の分を切っちゃった。その代わり、他の作業は何もさせてもらえなかったけれど。楽しかったなあ……学校の出来事の中では、一、二を争う楽しい思い出だよ。

僕はね、肉が扱えれば何でもいいようなところがあってね。

だからカエルの解剖なんかも、積極的に取り組んだよ。他の班の分までカエルをメスで切って回った。ただ、ずいぶん小さなカエルだったね。もう少し切りがいのある、大きくて固い肉を切りたかったけれど。

飼育係にも立候補したな。

ウサギとかチャボとか、学校で飼っているんだけどね、そいつらの世話をするんだ。大したことはしないよ。小屋の掃除をして、水や餌を補充するだけ。でも、休みの日もわざわざ学校に来て、やらなきゃならない。みんな面倒臭がっていたけれど……僕は楽しくて仕方なかったね。だって好きなだけ、生きている肉に触れるんだから。こんなに楽しいことはないよ。ぎゅっと抱きしめて、心臓がばくんばくんと鼓動しているのを感じて。温かさと柔らかさと、その奥にある骨をね、指先でいじりまわすんだ。ウサギの耳とかね、普段触れないじゃない？　ここ、切ったらどんな感じなのかなとか、食べたら美味しいのかとか、考えながら触るのさ。あ、ちなみにウサギは耳を触られるのを凄く嫌がるよ。しっかり押さえ込んでからじゃないと噛みつかれるから気を付けてね。うん、体重をかけて踏みつけるくらいの気持ちでいいよ。

小学校から高校まで、僕はずっとそんな感じだったね。

別に自慢するつもりもないけれど、これでもけっこう、女の子にはモテたんだ。どうしてかな？　別に話がぽんぽん弾むタイプでもないし、運動も勉強もそんなに得意じゃなくて、見た目だって地味だったけどね。うん、ラブレターとかバレンタインチョコとか貰ったことがあるよ。お返事はしていないけれど。たぶん、何か勘違いされていたんだろうな。調理実習や解剖では女の子が嫌がる作業を代わってあげて、飼育係もみんなの代わりにほとんど僕がやっていたからね。それに他の男子が興味を持つような、エロ本とかにも手を出さなかったし。いじめや喧嘩とも無縁だった。動物好きの、気の優しい人間だと思われたのかもね。

ははは。まさか。

僕は肉にしか興味がないんだよ。クラスの女の子たちだって、肉の塊だなあ、としか見ていなかった。まあ、肉付きがいいか悪いかくらいの区別はしていたけれど……。

ウサギたちは僕の本性をわかっていたよ。初めは唸り声を上げて、歯を剥いて威嚇していたんだけどね。追い詰められて、飛びかかってきたこともあったな。やがて、すっかり観念したのか、小屋に入るだけで怯えて竦みあがるようになったよ。抱いても、身を縮こまらせて震えているんだ。そんなに怖がらなくてもいいのになあ。学校で飼っているんだもの、殺しはしないんだからさ。

お小遣いでもお年玉でも、お金を貰ったらもっぱら肉につぎ込んでいたね。初めて自分のお金で肉を買った時のこと、懐かしく思い出すよ。僕が買ったのは、牛豚の合い挽き肉。二百グラムくらいだったかな？　ちっぽけなパック一つ分だったけど、小学二年生だったからね、大奮発のつもりだった。

その日はずっと、挽き肉を弄り回していたなあ。拳でぎゅっと握ると、指の隙間からにゅるにゅるっとこう、出てくるのが面白くてね。ちっとも飽きなかった。最高の玩具を手に入れたと思っていた。だけど翌日にはもう、ちょっと緑がかったというか、変色して傷み始めてしまった。仕方なく、瓶に詰めて公園に持って行って、茂みの奥に埋めたんだ。隠れて、人目につかないように土を掘った記憶がある。やっぱり、見つかったら怒られると思ったんだろうな。何となく、あまり良くない行いだと感じてはいたよ。

高級なステーキ用のサーロインを一切れ買ったのも、覚えてる。あれはお小遣いを何ヶ月分か貯めて買ったんだ。小学六年生くらいだったかな。ちょうど親が外出していたからね、僕一人、服を脱いで裸になると、ベッドの上に仰向けになってね。ステーキ肉をそっと額の上に載せて、ひんやりした感触を味わいながら目を閉じてみた。良かったら今度、君もやってごらんよ。何だか悟りを開いたような気がしたよ。本当はお腹とか、股間とか、色んなところに載せて楽しもうと考えていたんだ。だけど、どうでもよくなってしまった。おでこだけで十分満足できるというか、あまりにも心地よくてね、僕はそのまま眠ってしまったんだ。

親が帰ってくる前に目が覚めて、良かったよ。見られたら、言い訳のしようがないよね。あのステーキ肉はどうしたんだったかな。自分で焼いて食べたような気がする。その前に、一緒にお風呂に入ったんじゃなかったかな。

うん、まあね。

自分がちょっと普通じゃないってことは、うっすらと……かなりうっすらとだけど、一応感じてはいた。だって、僕と同じような趣味を持っている人、見たことがないいんだ。ただ、悩んだりはしていなかったよ。というか、毎日肉のことで頭がいっぱいで、他の人との違いなんて、あえて考えなかった。というか、他の人もきっと何かで頭がいっぱいなんだと信じていたよ。ほら、部活とか恋愛とか、塾とかアニメとか芸能人とか……みんな何かしらに夢中になっているように見えたからね。自分の場合それが肉ってだけで、みんなとたいして変わらないと思ってた。

ただ、思春期を迎えると、人に見られたくないことは増えたな。

君は、初めてマスターベーションをした時を覚えてる？　こんな気持ちの悪い話をしてごめんね。僕の初めてのマスターベーションは中学一年生の時で、おかずは鳥の挽き肉だった。うん、肉を性器にまぶしてね、鳥の姿を想いながら、いじって射精したんだ。なぜそんなことをしたかって、自分でもよくわからないけれど、でもそれが正しいと感じたんだ。性ってそういうものなんじゃないかな。教わったからするんじゃなくて、いつの間にか知っていて、それをする。僕も教えてほしいくらいなんだよね、どうして他のみんなは、女性の写った画像なんかで興奮できるのか。肉の断面でも写ってるならまだわかるんだけど。

快感が去ったあと、自分が醜く感じられて、何かをひどく冒涜《ぼうとく》していると感じたよ。だから、誰にも話さなかった。使った挽き肉は、食べられなかったね。誰に謝るのか、わからないけどとにかく何かに謝ってから、やはり公園に埋めたと思う。

どうなんだろう、これって僕だけかな。それとも初めてのマスターベーションには、誰もが背徳感を伴うのかな？　何となくそんな気もするね。女性の写った画像で勝手に気持ち良くなったら、後からその女性に何だか申し訳ない気持ちになりそうだよ。実際、どうなのかは知らないけど。

とにかく、それまで僕は自由に肉を愛でてきたんだけれど、意識的に隠すようになった。とはいえ、それは思春期の男性がヌード写真集やグラビア雑誌をベッドの下に隠すようなものでしかなかったはずだ。実際、僕の親はそう思っていたと思うよ。僕がこそこそ引き出しに鍵をかけたり、夜中にそっと家を抜け出していくのを見ても、目をつぶっていてくれたんだ。そういう年頃だから、多少はしょうがないと。

実際には引き出しの中には生肉のかけらとかが入っていたんだけどね。とにかく、僕は運が良かったと思うな。本気で監視されたら、病院に入れられるか、警察に通報されていたかもしれない。

あの頃の性欲って、際限がないからね。それに僕も、中学生だからそこそこのお小遣いを貰っていたんだ。うん、ペットショップでハムスターとか、雑種のウサギくらいなら買えちゃうくらいに。買って来たばかりの動物を殺して、肉を性器にまぶしてマスターベーションしている姿なんか見られたら、うん。

まあ色々とまずかったろうね。

結局、誰にも気づかれず、見つからなかったんだ。

みんな、僕にあまり興味を持ってなかったのかもしれないな。お肉が好きな食いしん坊ののんびり屋だと、親も、先生も、友達も思っていたんだろう。

だから僕は、自分の世界に没頭できた。幸せな時間だったよ。たくさん本を買って読み、時には図書館に出かけたりして、肉について調べたなあ。もちろん実際の肉を買って、食べたり触ったり嗅いだりして勉強もした。この国はいい国だよね。お金さえあれば、色んな肉が簡単に手に入る。買っても誰も見咎めやしないし。好奇心の赴くままに、僕は色々試した。

だんだん、手に入りづらい肉に興味が湧いてね。昆虫とか、爬虫類とか、そういう肉も試したよ。専門店があってね。少し高いけれど、色々揃ってるんだ。ワニとかね、意外にさっぱりして美味しい、いい肉なんだよ。

あのままだったら、人の肉に興味を持つのも時間の問題だったろうな。もっとも身近にあるのに、もっとも手に入りづらい肉、それが人肉だもんね。

うん、やってたと思うよ。

人をさらってきてさ、挽き肉にしたり、冷やしてみたり、焼いてみたり、こねたり練ったり千切ったり刻んだり弄んだり、したと思う。だってそうじゃない？　体も大人になってきて、知恵とか腕力だけでいえばできちゃうからね。人間一人から、どれくらいの肉が取れるのかな。どのくらい遊べるのかな。まあ、そんな犯罪を繰り返していたら、いずれ捕まるだろうけれど。どれだけの人間が、僕の慰みものに成り果てたか、わからなかったはずだよ。

でも、やっぱり僕は幸運だった。いや、みんなにとっても、かな。やらなかったのさ。そんな悪いことを、僕は一切。

きっかけはアルバイトだった。お金が欲しかったんだ。色んな肉を買うためにも、調べ物のためにも、先立つものが必要でね。色々探して見つけたのが、スーパーの精肉コーナーの仕事だった。これならずっと肉に触れていられるし、自分には向いてそうだなって。面接で、肉を扱えるのなら何でもいいです、そう言ったら笑われたけど、受かった。

店頭に立つわけじゃないよ。裏側の、給食室みたいな部屋で、単調な作業をひたすら続けるんだ。

ひたすら肉をカットするとか。

ひたすら肉を機械に放り込むとか。

ひたすら筋や、骨や、血管を取り除くとか。

ずーっとそればかり、ずーっと。

僕、初日は感動の余り震えちゃったよ。肉を触ってお金が貰えるなんて、こんな素晴らしい仕事がこの世にあったのかと。どうしてもっと早く、この仕事に申し込まなかったんだろうってね。もう楽しくて楽しくて、時間を忘れるほどだった。休憩なんかいらないから、ずっと肉を扱っていたかった。冷たい肉ばかり触ってるとだんだん手が痺れてくるし、肉の塊は凄く重くて腰に来るんだけどね、苦にならなかったよ。

僕はね、値引きシールを貼って回るとか、パック詰めなんかは正直苦手だった。手際も悪かった。だけど肉を運んだり、掃除なんかは進んでやっていたから、可愛がってもらえたよ。この仕事をこんなに真面目にやる若者は今時珍しい、なんて言われてね。

ああ、実を言うと掃除はあんまり好きじゃなかったかな。悲しくなるんだよ。せっかく脂や血が染みついた部屋を、綺麗にしちゃうなんて、辛いでしょう？　ほら、アイドルと握手した手をしばらく洗いたくないような気持ちがあるんだよ。

でも、そこは我慢だね。だって肉は、ある種の危険物でもあるから。どんな病気を持ってるかわからない。ウイルスとか細菌が潜んでいる可能性があるんだ。肉を扱う時に、清潔はとても大切。そういったこともその頃にはわかってたから、泣く泣く掃除してたのさ。うん、思えば小さな頃は、むちゃくちゃな扱い方をしていたね。無知ってのは怖いよ。

とにかく僕は、仕事を通して居場所を見つけたんだ。給料を上げてもらったり、売れ残った肉を安く譲ってもらったりしたよ。育ち盛りだろうって、みんな僕にくれるんだ。みんな優しくて、嬉しかったな。そして僕は、やっと気がついたんだ。

人間なんて、肉に足が生えて歩いてるだけだと思ってたけど。そいつらの仲間になると、効率良く肉が手に入るってことにね。

この社会は思ったよりも、ずっと寛容だった。

僕なんて、はっきり言って人間失格だと思うよ。それくらいわかる。肉にしか興味がないんだからね。価値基準は肉であって、道徳とか法律とか倫理とかじゃない。どうでもいいんだ、みんなが大事に守ろうとしている大抵のことが、僕にとっては。だけどそんな人間でも、社会は受け入れてくれるんだね。仕事をすれば評価され、お金が貰える。そしてお金は肉に換えられる。たくさんの肉が、たくさんの人の繋がりによって安定供給されていて、お金さえあればいつでもたっぷり、手に入る。なんて素晴らしい国なんだろう。大好きだよ、この国。

もちろん社会で生きるなら、守らなくちゃならないルールはある。だけどそれは、本当に最低限のルールだ。要するにあらゆる肉の中で、ホモサピエンスだけを特別扱いしてやればいいんだよ。

目の前が開けたような思いだったたな。

スーパーでね、正社員に誘われたんだ。高校を卒業したらうちにこないかって。君なら十分やっていけるって。少し悩んだけど、思い切って打ち明けたよ。僕、将来は肉屋さんになりたいんです、ってね。相手は残念そうな顔をしたけれど、応援すると言ってくれた。人間の繋がりってのは不思議だね。どこからどう伝わるのか、とにかく数日のうちに、僕が肉屋を目指しているってのは周知の事実になっていた。スーパーの従業員だけじゃないよ。常連客までもだ。色んなお客さんがいるから、中には詳しい人もいてね。

あんた、お肉屋さん目指してるんだってねえ。どういう資格がいるのか知ってるのかい。いけないね、今から準備しておかないと。こういう資格と、こういう申請が必要になるよ。こういうのを勉強しておかないとならないよ。

そんな感じで、何でも教えてくれるんだ。面倒見のいい人が多くてね、まるで実の孫みたいに、僕の世話を焼いてくれた。何もかもがとんとん拍子に進んでいくんだ。修業先を探してくれた人もいたし、店を作るなら出資するよ、と言ってくれた人もいた。

うん、驚いたよ。

僕はこれまで、肉屋になりたいなんてとてもじゃないけど言い出せなかった。何かとても卑猥な、いやらしい夢に思えてね、それだけは隠しておかなきゃと思っていたんだ。あ、実際の肉屋さんを侮辱するつもりはないよ。ただ、僕にとって肉屋という職業は、あまりにも欲望にダイレクトに結びついていたから。

だけどどうだろう、夢を口に出したら、後押しをしてくれる人がいっぱい現れた。誰も僕をバカにしなかったし、笑いもしなかった。大真面目に応援してくれたんだ。

肉が好きってことが、誇りに思えたよ。

そして僕は四年後には、自分の店を構えた。僕の、僕だけの肉屋。一国一城の主というか、僕専用の肉テーマパークというか、何でもできちゃう秘密基地っていうか。本当に嬉しかったなあ。

かつて僕に色々とアドバイスをした人が、お客さんとして来てくれてね。お客さんがさらに新しいお客さんを呼んで、それが何度も何度も続いて、あっという間に評判の店になったよ。

うん、もちろん、腕もあると思うけど。

何たって肉に関しては、僕は自信があるからね。

そうして僕は、善良な一市民として暮らしていた。

生活も健全そのものだったよ。

朝は早く起きるんだ。業者さんから肉を受け取ったり、時には自分で肉を見に行ったりするからね。解体して処理して、お店に綺麗に並べて、売る。それを繰り返す毎日。僕は好きなことができて、お客さんはいい肉が買える。本当に幸せな日々だったよ。

洋の東西を問わず、いるじゃない？　肉にまつわる、異常な犯罪者たちが。

友達の娘さんを誘い出して殺し、上から下まで焼いたり茹でたりシチューにしたりとすっかり料理して平らげたあげく、味の感想を手紙にしたためて送りつけた人とか。人間の肉を裂く快感に酔って、何人もの女性から生きたまま内臓を取り出した人とか。殺した人間の肉を、ジャーキーにしたり塩漬けにしたり、さらにはレストランに卸していた人、人間の皮膚でドレスを作って、着ていた人。

ああいうのを見ているとね、本当にバカだなって思うよ。

損得の計算ができてないからね。衝動に突き動かされて、ふらっと街に出て行って襲うとか。自分の犯罪をバーで自慢して、そこから足がつくとか。裁判でね、自分は一生この嗜好を直せないから、殺してもいい女を何人かくれ、それが無理なら死刑にしてくれって言ったやつもいる。

いやいや、自分の欲望くらい制御したらいいのに。

誰だってやってることだよね。ダイエット中だけどラーメン食べたいから、こんにゃく麺でラーメンを作るとか。車の運転があるから、ノンアルコールカクテルを注文するとか。同じことだよ。

たとえば生きた肉を死んだ肉に変える遊びがしたいなら、何も人間でやらなくたっていい。猟師になって、猿でも狩ればいいんだ。似たようなもんだよ？　形もそうだし、とどめをさす前の切なげな表情とか、よく似てる。苦しませて殺してもいいし、親猿の見ている前で子猿を殺したって構わない。

それか、傭兵になってもいいね。殺し放題だし、場合によっては情報を吐かせるために拷問とか、そういう経験もできるよ。自分も狩られる可能性があるけど、まあ大したリスクじゃないよね。

あるいは、人間の肉を食べたい、そういう方向性もあるかな。でも、これも別に自分で殺さなくてもいいんだよね。色んな方法があるけれど、簡単なのはお金を稼ぐってこと。とある国では、普通に人間の子供を調理して出してくれる店がある。君が金持ちになれば、そういう裏の情報は普通に入ってくるよ。愛人を斡旋する秘密クラブとか、一般に公開されていない美味しい投資案件とか、そういうのと一緒にね。

だいたい、大金を積めば腕の一本くらい、買えるからね。それくらい貧乏な人はいるから。交渉次第で足でも片方の乳房でも、食いたいところを貰えばいい。赤ちゃんなんかも買えるだろうね。実際、自分の子供に驚くほど愛情を持たない親ってのはいるよ。僕？　僕は子供ができたことないから、ちょっとわかんないな。人間として興味はないけれど、生きた肉としてはそれなりに愛するんじゃないかなあ、たぶん。

そして肉を切って楽しみたいってパターン。これが一番簡単。

僕みたいに肉屋さんになればいいんだよ。あるいはお金をたくさん貯めて、肉屋に行けばいい。売るよ？　僕たち、肉屋は。お客さんが肉をどう使おうが、それはお客さんの自由だもの。切って遊んだり、体に巻き付けたり、弄ぶために買ったって構わない。そりゃ個人的にこの肉はぜひステーキで味わって欲しいとか、この肉は足の裏に貼ってプールサイドを歩いて感触を楽しんで欲しいとかあるけど、強制はしない。昔の僕のように、肉で遊ぶためにお小遣いを握りしめてやってくるような子がいたら、思わずサービスしてしまいそうだなあ。

まあそんなわけでね、リスクをむざむざ冒さなくても、自分の欲望を発散する方法はいくらでもあるんだ。にもかかわらず、衝動的に人を殺すようなバカは捕まって当然。野獣ですらもう少し、頭を使うと思う。世間で殺人鬼だとか異常人格だとか騒がれるような奴は、ただのバカに過ぎないんだよ。

本当の異常者は、そんな愚かなことはしない。上手に自分の欲望を制御して、普通という仮面をつけて、日常生活という劇を演じるんだ。そんな風にして、この国には相当な数の異常者が紛れ込んでいると思う。そして誰にも知られないまま、天寿を全うするんだ。僕もその一人。

……しばらく前までは、そう信じてた。

悲劇の始まりを、どこまで遡ればいいんだろう。

やはり、結婚した時かな。いや、付き合っている頃からボタンの掛け違えはあった。でも、どんな夫婦にだって多少はあるよね？

僕の肉屋では、出張バーベキューサービスってのをやっているんだ。肉も含めて食材も調味料も、調理道具や食器も全て僕が持参して、どこでも焼きたての肉料理を振る舞うというプランでね。お客さんは手ぶらで、後片付けもせず、バーベキューが楽しめるんだ。そもそも趣味として始めたんだけど、けっこうキャンプや野外パーティーなんかで需要があってね。毎週末、どこかに呼ばれていたものだよ。

そのお得意様の一人娘が、肉子だった。

肉子ってのは本名をもじったあだ名。僕がつけたんじゃないよ。みんなにそう呼ばれていたし、自分でも、うん、たぶんちょっと自虐的に言っていた。でも、見る者を納得させるネーミングだった。当時、肉子は二十五歳くらいかな。僕よりもさらに二回りほど太っていて、遠くから見ると巨大な洋梨が歩いているように見えた。子供の頃からずっとそういう体形だったらしいよ。本人はあっけらかんとしていて、自分の腹を冗談にして笑っていた。

初めは肉子のこと、僕は何とも思っていなかった。だけどある日のバーベキューで、石に躓《つまず》いた彼女を咄嗟に支えようとして、はっと気づいたんだ。

いい肉だ、って。

僕はずいぶん長いこと人間以外の肉を楽しんでいたから……いわば盲点になっていたんだね、肉子が。改めてしっかりと観察してみると、肉子は本当にいい肉をしていた。垂れ下がったお尻や胸は、水袋みたいなものかと思いきや、全身でその体を受け止めると、想像よりもずっと締まっていた。たっぷり肥育の時間をとって育てた上質な和牛のよう。恥ずかしながら、この手でしっかり女性を抱いたのは、それが初めてだった。人間じゃない肉はよく抱いていたんだけど。

もう、夢中で考えていた。この部分の肉は切ったらどんな感じなんだろう。サシはどんな風に入っているのか。順目と縦目と、どっちで切った方が映えるか。焼いた時の柔らかさは、脂の量は。骨はかなり太くて丈夫だ。不健康そうな外見の割には、カルシウムとリンをしっかりとっている。

「ああ、ごめん。今どくから、そんなに暴れないで、くすぐったい」

肉子が叫んで、ようやく我に返ったよ。僕は彼女の体をいじり回していたんだ。これは痴漢として訴えられても文句は言えないと思ったけれど、誰も咎めはしなかった。どうやら、肉子に押し潰されてもがいてるだけのように見えたらしい。

　その時から、僕の頭の中は、肉子でいっぱいになってしまった。次はいつ、バーベキューの注文をしてくれるんだろうかと、そわそわするようになってね。いつもの仕事に身が入らなくなって。

　いざ呼んでもらえると、知らず知らずのうちに、肉子を特別扱いしてしまうんだ。肉の一番よく焼けた部分を切り分けてあげたり。バランス良く栄養をとっているか気にかけたり。フルーツをサービスと言って持ち込み、ほとんど全部肉子に食べさせたこともある。ビタミンをとって欲しかったんだ。酸っぱいのは嫌だ、皮が厚いのは嫌だ、と色々と好き嫌いがあるから苦労したよ。だけどそれくらいで肉質が良くなるなら、安いもの。

　だいたい一ヶ月に二回は注文してくれるんだけど、たまに時間が空くと、とても不安になるんだ。肉子はちゃんと睡眠を取っているだろうか？　三食食べて、適度に運動しているだろうか？　ストレスを溜めていないだろうか……ストレスは肉質を落とすんだよ。変な水を飲んでいないだろうか。鉄分の多過ぎる水は、肉の色を悪くする。

　肉子の血液がほしいと、毎日のように願っていたよ。

　毎日、いや週に一度でもいい。血液検査にかけて、代謝やビタミンの状態を調べたくてね。最も良い状態で肉子を太らせてやりたい。

ずっと抑えていた、人肉への関心が再び噴き出してきたんだ。あ、でも勘違いしないでね。肉子を食べたいわけじゃないんだよ。あの素晴らしい肉を、肉を愛する者として、放っておけないという感じ。アイドルのプロデューサーが、ふらりと立ち寄った喫茶店でとてつもない逸材を見つけてしまった、と想像してみてほしい。磨いてやりたい、輝かせてみたい、と思うでしょ。

もし人肉に等級があったとしたら、肉子は間違いなくA5ランク。その奇跡のような肉が、価値を知られないまま、劣化してしまうなんて耐えられないんだ。

恋って、こういう感じなのかな。

そんな僕に、肉子の方も興味を持ってくれたようだった。

ある時出張バーベキューに行ったら、肉子一人だけだった。いつもはパーティーなのに、二人っきりだ。これはデートと言えるのかな。もちろん僕は、代金はいらないと言ったよ。肉子は不思議そうにしていた。

「どうして私にだけ、そんなに良くしてくれるの」

そう聞かれた時は困ったよ。正直に伝えても、分かってはもらえないだろうから。とにかく気になって仕方ないのだと、そう言った。

「私が好きってこと？」

そうだ、と答えた。嘘じゃない。人格はもちろん、顔にも全く魅力なんて感じない。というか、そこに興味がない。牛の性格や顔つきで肉を選ぶ人なんていないもんね。ただ、彼女の肉がとても好きだった。運命すら感じた。これも一目惚れと言うのかな。

「私も佐々木さんが、ちょっと気になってる。働き者だし、頼りになるし……美味しいものくれるしさ」

好きでやってるんだよ、感謝なんていらないと言った。

「最近、気づくと佐々木さんのこと、考えてる私がいるんだ。こんな気持ち、初めて。次は何食べさせてくれるのかなあ、とか。今何してるのかなあとか。目を閉じると優しそうな顔が浮かんじゃって」

僕も同じだった。

目を閉じると、彼女の姿が浮かぶ。美しいサシの入った太ももの肉が大腿骨に絡まっているところとか、脂の乗ったアバラとか。もちろん想像上の姿だけど。いや、そんなに変なことじゃないはずだよ。君たちもまだ見ぬ恋人の裸を想像したりするだろう？

「でもほら、私も軽い女じゃないから。次に付き合う男とは、結婚を前提にしたいわけ」

それから肉子は色々と条件を並べだした。痛いの嫌だし、子育てとかしたくないから、出産はＮＧ。家事は少しならやってもいいけど、仕事は一切したくない。あなたが稼いで。料理はあなたの方が上手だから、全部やってほしい……。

僕はうん、うんと頷きながら聞いていた。何もかも、理想的だったんだ。出産すると肉は筋っぽくなり、脂も変色するから、ぜひとも妊娠は避けたかった。それにできるだけストレスなく過ごして欲しいし、こちらが作った理想的な餌だけを与えたいとも思ってたからね、渡りに船というところだよ。

一切文句を言わず、僕は条件を呑んだ。肉子は困惑顔だった。

「佐々木さんからは、何か条件はないの。私ばっかり要求してるけど。ほら、私ブスだし。凄く太ってるし。痩せろとか言わないの。一緒に寝たら、押し潰しちゃうかもよ」

肉の塊に全身を潰されるのは小さい頃からの夢だ、と言った。これも本心からの言葉だった。

「デブ好きなの？」

太っていればいいってもんじゃない。大事なのは肉質なんだ。

「わけのわからない人だね。私さあ、ダイエットしてみたこともあるんだよ。でもどうしても続かなかった。何回やってもリバウンドしちゃうの。もう最近は諦めてて。こんな私で本当にいいの？」

僕からの条件は一つだった。そのままの君でいておくれ。

肉子はほんの少し、困ったように笑った。

僕たちはその年の終わりに、結婚したよ。


誓ってもいい。

僕は肉子と添い遂げるつもりだったんだ。どれだけ体調管理しようとも、老いと共に肉は劣化していくだろう。肉子の最盛期は、やがて過ぎてしまう。でも、それで構わなかった。一番近くで肉の変化を見届けられたなら、それで十分満足だったんだ。

ましてや肉子の肉を切ってみるとか、食べてみるとか、もちろん興味はあるけれどね、そんなつもりは毛頭なかった。僕はただ、このまま肉屋として人生を楽しみ、そばに最高の肉がいてくれればそれで良かったんだよ。

罪なんて犯すつもりはなかった。

彼女の裏切りさえ、なければね。

結婚して僕はさらに張り切って働いた。肉屋はますます繁盛し、業界でもそこそこ知られる存在になった。

肉屋仲間からアメリカ研修に誘われたのは、そんな時だったよ。熟成肉業者を見学できるというんだ。ニューヨークはドライエイジドビーフの本場だったからね、興味を持った。ただし研修は案外長くて、三ヶ月もかかるそうなんだ。しばらく店を閉めなきゃならないし、肉子も独りぼっちにしてしまう。どうすべきか、僕は悩んだよ。

でも、肉子は行っておいで、と言ってくれた。材料さえ用意してくれれば、餌は自分で作って食べられるから、と言うんだ。

「あなたは毎日一生懸命働いて、結婚前に私がお願いしたことを、全部叶えてくれた。本当に感謝してるの。今じゃ、色々と偉そうに要求した自分が恥ずかしい。でも悪気はなかったんだよ、私を好きだなんて、からかってると思ったから……昔、よく嘘で告白されたりして、嫌な思いしたの。でも、今はあなたのおかげで、自分に自信が持ててきた」

これには思わずほろりと来たよ。調教した甲斐があったというものだよね。肉が、自分の肉に自信を持つなんて。心が通じ合っていると思った。

僕は研修に参加することに決めた。肉子の餌や、不在中の手はずなど諸々の準備を終えて、いよいよアメリカに発つという日、肉子が思わせぶりに微笑んで言ったんだ。

「頑張ってきてね。私も変われる気がする。帰ってきたら、驚くかもよ」

いまいち意味がわからなかったけど、深く考えはしなかった。それよりも肉子の分厚い脂肪と別れるのが寂しくて、僕は搭乗時間のぎりぎりまで、彼女の脇腹を撫でていたな。

研修は、素晴らしいものだったよ。

肉加工や熟成の技術にも感動したけどね。何よりも、アメリカには日本よりも遥かに肥満が多い。そして、日本とは桁が違う大きさなんだ。そんな彼らの肉を触らせてもらって楽しかった。その上でなお、肉子に勝る肉の持ち主はいなくてね。ああ、僕は世界最高の肉を、日本の家に持っている。そういう幸せに酔いしれながらの旅だったな。

本当はビーフジャーキーをお土産にしたかったけれど、あいにく持ち込みが認められてなくてね、仕方なくナッツやチョコレートを買い込んで、僕は日本に帰ってきた。早く肉子に会いたくてね。空港の長い廊下を、トランクを引いて走ったよ。ぜえぜえ、はあはあ、息を切らしてね。

肉子は、出迎えに来ているはずだった。だけど、いくらあたりを捜しても見当たらないんだ。僕が彼女の姿を見逃すはずがないのに。というより、あの巨体を見逃すわけがないんだ。

僕はだんだん怖くなってきた。どうしたんだろう、肉子は。迷っているのか。トイレか。それとも事故にでもあったのか？　肉子に万が一のことがあったら、僕はどうしたらいいのか……。

背中を冷たい汗が流れていった。何か、予感めいたものがあったのかもしれないね。

わけもわからず恐ろしくて、口の中が乾いて、歯がかちかち鳴っていた。

ふと、肩をぽんと叩かれた。思い切って振り返ると、そこに知らない女が立っていたんだ。細くて背の高い、すらりとした女だよ。ボディラインがよく見える、体に密着するような薄い服を着ていた。

「おかえり」

肉子の声がして、飛び上がりそうになったよ。

「びっくりした？　一念発起して、パーソナルトレーナーについてもらってダイエットしたの。帰ってくるまでに仕上げたかったから、ちょっと無理しちゃったけど……見違えたでしょう？」

顔には面影がある。だが、あの太ももがない。二の腕がない。張り出した腹が、背中が、頬が、二重になった顎が、たるんだ首が、何もかもがなかった。

「ちょっとまだ、裸になると余った皮膚が目立つんだけどね。でも、ずいぶん体重を落としたんだよ。少しはあなたにふさわしい女になれたかなあ」

血の気が引いていくのを感じた。

これほどグロテスクな光景があるだろうか、と思った。

横にはぱつんぱつんのシャツを着た筋肉質な男が立っていて、丁寧な仕草で頭を下げる。肉子、じゃなくて肉子だった何かが紹介してくれた。

「彼は高校の同級生で、今はスポーツジムで働いているの。絶対にダイエットを成功させる、っていう触れ込みのところで。凄い人気なんだけど、それも納得の腕でね。もう、おだてたりすかしたりして……彼のおかげでトレーニングも頑張れたんだ」

「いえいえ。私どもは指針を示すだけで、実際に努力されたのは奥様です。本当によく頑張られました。理想の体形になれば、人生は輝く。一人でも多くの人に素敵な時間を過ごしてもらう、そのお手伝いができれば幸せなんです」

手から力が抜けたよ。土産物の入った紙袋が、どさりと床に落ちる音がした。

どうたとえたら、伝わるかな。

肉子が台無しにされた。事故で死んだ方が、遥かにましだった。

想像してみてよ。人間の肉体は消耗品に過ぎない、全部機械に置き換えた方が人生が楽しめるとか言う、変な科学者に妻が騙されたら。旅行から帰ってきたら、四角い金属質のロボットが妻の声で「おかえり、びっくりした?」と言い放ったら……そんな感じ。それよりもう三段階ほど、最悪だけど。

僕は膝からくずおれた。

気が遠くなりそうだった。吐き気がした。悪い夢なら覚めてくれ。それか、時間を戻してくれ。アメリカに行く前に、戻してくれ。

かつて肉子だった何かと、パーソナルトレーナーだとかいうゴミ野郎が、心配した様子で僕に声をかけているのを、どこか遠くから見ているような気がした。何を言っているのかは聞き取れなかったけれど、何をすべきかはわかった。

肉子への想いが恋だったとするなら、これは不貞行為だ。そのままの君でいて、と言ったのを忘れたのか。裏切りだ。僕の愛した肉は消された。殺された。悪気はなかったんだろう、それはわかる。じゃあ悪気がなければ何をしてもいいのか？　そんなはずがないだろう。償わせなくてはならない。

ああ、無残にも消費されてしまったカロリーよ。何の価値もない、ただ重りを上げたり下げたりする不毛な運動のために消えていった脂肪よ。どれだけ無念だったことだろう。必ず仇は取るよ。

涙を拭いて、そう決めたんだ。


そして、今に至るというわけだよ。

自分で言うのもなんだけど、僕は夫として最善を尽くしてきたつもりだ。異常者の割には、よくやっていたと思わない？

異常者だって、悲しみもすれば喜びもする。基準が肉にあるというだけで、普通の人間だ。当然、いわれもなく害を被れば、黙ってはいられない。

だけど、世間はわかってくれないだろう。ここが辛いところだ。僕は肉を心から愛しているといったところで、「そうだよね、美味しいもんね」くらいの反応しか返ってこない。ずっとそうだった。だから警察に駆け込んでも、弁護士に相談しても、僕の味方はいないだろう。僕は、自分の力で罪人を罰するしかなかった。

パーソナルトレーナーは、もう生きてはいないよ。僕も頭に血が上っていたから、早々に殺してしまった。悪の元凶はこいつなんだ。余計なことを肉子に吹き込んだのだから。

幸い、うちは肉屋だ。解体する道具は揃っている。

パーソナルトレーナーは肉片に変わった。大きな切り落としを何枚か取り、残りは挽き肉に加工した。ミンサーという、ハンドルを回して肉を挽いていく機械があってね、それで半分挽いて。残りは手作業で挽いてみた。ああ、手作業でってのは包丁で小さく切っていくことだよ。ごく細かく切れば、粗挽きのようになる。色んな感触を試してみたくてね。

肉を使ってステーキ、しゃぶしゃぶ、ハンバーグなど一通り作ってみたよ。骨は軽く砕いてスープを取り、尻の肉はシチューに。皮膚や毛、歯や爪は捨てるしかなかった。睾丸と陰茎はどう扱ったものか困って丸ごと焼いてみたけれど、固くて食えたものじゃなかったね。近所の犬にやってしまった。内臓や眼球はぬめりを取ってスープに入れてみた。

はっきりいって肉質はいまいちだったね。かなり鍛え上げているようだったけれど、サシは少ないし筋は多い、血管もやたらと太くて肉の色あいは悪かった。人間をおろしたのは初めてだったけれど、どうということもなかったよ。包丁で刺身なんかを切るのと変わらない。感触は全く同じで、ただ形が違うだけだ。太ももの肉をステーキにしたら食いではあったけど、脂があまりないからしっかり味付けしないと美味しくない、いや味付けしてもかなり低級の肉だよ。それから、とても臭い。なんとも言えない、酸っぱいような生臭いような、汚い臭いがする。腐敗には気をつけているから、肉そのものに染みついたものだろう。スパイスを大量にぶち込んで、ようやく口に入れられる。とても店に出せるようなものじゃなかった。それでも僕は肉を愛しているから、捨てたりはせず、何とかして食べきったけどね。

この世に人肉愛好家がどれくらいいるのか知らないが、やはり人肉というだけでは嗜好品にはならない。適切に育てて、適切な年齢で絞めなければ、美味しい肉は取れないみたいだ。全国の畜産業者さんに改めて感謝したよ。

これが肉子の肉だったら、きっと素晴らしいものだったのに。かえすがえすも残念でならない。

それから肉子には、別の罰を与えたよ。

もう一度、全盛期の肉を取り戻させるつもりなんだ。今は地下室に監禁して、僕が徹底管理しているところ。余計なことをしないように手足を縛り上げて、口から漏斗《じょうご》で強制的に食べ物を流し込んでいるよ。全裸で、糞尿は垂れ流しだけど、誤解しないでほしいんだ。不潔にならないようにチューブを通して外に排泄させているし、掃除も毎日きちんとしている。たっぷり愛情は注いでいるんだ、肉に対してね。

丁寧に育てられている家畜だと思ってくれればいいよ。

餌は、以前は味や食感にも気を遣って作っていたけれど、今はもう非常事態なんでね。僕が考えた完璧な栄養配分の飼料をやることにしたんだ。材料はその時によって色々だけど、茹でた穀物や肉、豆、豆腐、野菜や果物、あとは買ってきたビタミン剤なんかを砕いて混ぜて、ミキサーでぐじゃぐじゃにしたものを想像しておくれ。離乳食みたいな感じだね。少し粉末状の食物繊維を足すけれど、塩や砂糖はほとんど入れない。だいたい、普通の人間は塩や砂糖をとり過ぎなんだ。ああ、パーソナルトレーナーからとった挽き肉や骨粉も少し与えてる。栄養価が高そうだし、何かいい影響があるかもと思ってね。おまじないのようなものだけど。

そして、とにかく量が必要になるからね。バケツ数杯分、嫌と言っても食べてもらっているよ。吐き戻そうが、口を閉じようが、関係ない。無理やりこじ開けて喉の奥に注ぎ込む。余りにも抵抗するから、歯を全部抜いてしまったよ。多少のストレスはかかるだろうけどね、もうそれは仕方ない。僕だって辛いんだ。本当はこんなこと、したくなかった。無理なダイエットの損失は、無理な方法で取り戻すしかない。今はやっと、細い体にちょっとずつ肉がついてきたところだね。回復にはまだまだかかるよ。

体重が戻ったらどうしようかな。

また下手なことをされても困るからね、一生ここで飼い殺しにするしかないのかな。自由に野原を駆け回らせてやりたいけど……一度失われた信頼関係は、取り戻すのに時間がかかるんだよ。また知らないうちにダイエットなんかされたらと思うと、僕は怖いんだ。もう片時も彼女の、じゃなくて、肉のそばを離れたくない。わかってもらえないかな、この気持ち。復讐じゃなくてね、恐怖なんだよ。怯えてるんだ、また傷つけられることを。一度浮気されて、修復した経験がある方なら、理解してくれるんじゃないかと思うんだけど。

一応、完璧に仕上がったところで、殺して肉にしてしまうってのも考えた。業務用の冷凍庫で条件を整えれば、年単位で持つだろう。永遠に裏切られない、安心の肉ができあがる。だけど、僕にも情があるからね。さすがにそこまではしたくないんだ。肉は生でこそ美しく、神秘的な魅力を持つ。冷凍してしまうなんて、可哀想でならない。

それに肉を一番新鮮に保存する方法は、やはり生かしておくことなんだよね。幸い、彼女は出産もしなくていい、家事もしなくていい、働かなくてもいい、料理もしなくていい。僕は結婚当初の約束はきちんと守っているんだ。一つも、裏切っていないんだよ。

だから、僕たちはこれでいいんだ。

僕は彼女という肉に仕え、目に見える愛として彼女の贅肉が育つ。僕たちは、こうして添い遂げていくんだ。これはね、僕たちならではのラブストーリーなんだ。人の数だけ愛の形はある。僕たちの愛に、誰が口を挟めるだろう？

なるべく捕まりたくはないけれど、隠し通す自信があるわけじゃない。不審がった親戚や誰かが乗り込んできて、僕たちの日々が白日の下に晒される日が来るかもしれない。そうしたら、どうなるかな。裁判官は、わかってくれるかな。話をしっかり聞いてもらえたら、無罪になると思うんだけど。理解できないものを、頭ごなしに否定するような人だったら難しいだろうね。死刑になるかもしれない。

いいよ、それでも。この社会のルールだと言うなら、仕方ない。

僕は胸を張って法廷に立つよ。僕は肉を受けてこの世界に生まれ、誰よりも肉を愛した。疚《やま》しいことなど一つもない。肉子の肉を一番愛したのは、肉子本人でもパーソナルトレーナーでも、他の誰かでもない。この僕なんだから。

いつか人々が心に余裕を持ち、もう少しだけ肉に目を向ける時代が来たなら……僕の行いにも正義があったと、気づいてくれるはずだよ。

佐々木太（ささき・ふとし）

肉屋監禁殺人事件の犯人。事件が明るみに出るまでは、地域で人気の肉屋を経営していた。法廷では一切争う様子を見せず、精神鑑定も拒否し、控訴せずに判決が確定した。現在死刑囚。

元凶

「ただいま！　お父さんだよ」

　私は、扉を開いてそう叫んだ。いつもの挨拶だが、一種の宣言でもある。帰宅するなりこの一言を元気よく放ち、自分に聞かせる。そうして私はお父さんになる、自分自身をお父さんにしていくのだ。

「お帰りなさい」

　二階から声が聞こえてくる。少し遅れて、「おかえりなさーい」と可愛らしい奈央の声もした。

「お父さん、早く上がっておいでよー」

「うん、ちょっと待っててね」

　微笑みながら、私は玄関で靴を脱ぎ、そのまますぐ横の書斎に入って鍵をかけた。

　この家は食卓や居間が二階にあり、一階に浴室がある。わざわざそういう間取りを探して選んだ。さらに、家族にもわざわざ玄関まで来て出迎えるようなことはするな、と言ってある。

私はまず、鞄を椅子の上に置く。それからコートを脱ぎ、隅々までよく眺めた。変な汚れはついていないようだ。次に鼻にくっつけて匂いを確かめる。問題なさそうだが、念のためやっておこう。箱から一本お香を取ると、線香立てに突き刺して火をつける。好ましい香りが部屋の中に満ちていく。

ノックの音がした。

「祐介さん、先にご飯にする？　準備はできてるけど」

扉の向こうから、妻の声が聞こえてくる。私は落ち着き払って答えた。

「まずはシャワーを浴びるよ。奈央がお腹を空かせているようだったら、先に食べてもらって構わないから」

「はいはい、了解。ゆっくりどうぞ」

足音は遠ざかり、階段を上っていく。特に不審がられもしない。仕事からの切り替えには時間が必要なのだと、彼女は理解してくれている。私なんかには、過ぎた家族だ。

気配がすっかり消えたのを確かめてから、私は書斎を出て浴室に続く脱衣所に入った。再び鍵を閉め、一枚ずつ服を脱いで全裸になる。上着、ワイシャツ、ズボン、下着に靴下、と全ての衣類を広げて眺め、汚れを確かめる。黄ばみや食べかすは別に構わない。気にしているのは香水とか、口紅とか、頬紅とか、そういったもの。それから、血など体液の類いである。

大丈夫そうだ。

ほっと息を吐いたところで気がついた。爪の間。固まって黒ずんだ血の塊が入り込んでいる。やれやれ。こいつは風呂場で落とすとしよう。眼鏡と腕時計も外して籠に置き、私はシャワーヘッドを手に取った。ハンドルを回して噴き出したお湯に、体を晒す。

髪を洗い、次に肌をよく洗う。爪も洗う。鼻の穴にも指を突っ込んで洗う。口の中にシャワーを当てた後、肛門にも押し当てる。本当はシャワーヘッドを突っ込んで腹の中まですっかり洗い流したいところだけれど、人間はそういう風にできていない。おかげでいつも洗い残しがある感覚だ。

浴室を出る。

ようく体を拭いてから、家用の眼鏡をかける。レンズは分厚く、茶色くて太いフレームがいかにも野暮ったい。指輪を嵌め、うちのタンスの匂いがする甚兵衛を着て、紐を前で軽く結ぶ。

そして、出勤前と同じように全身鏡に自分の姿を映した。

うん、よし。

一分の隙もないテレビマンだった男は消滅し、ひょうきんそうな中年男が立っていた。

大あくびをし、尻をぽりぽり掻きながら私は鍵を開け、階段を上った。

「はあー、疲れた。お腹減っちゃったよお」

「はいはい、いつもお仕事ご苦労様。お味噌汁が温まってるわよ」

「うひゃあ、ありがたい」

居間の扉を開けると、平和そのものというべき光景が広がっていた。

大きなテレビとテレビ台、配線で繋がれたゲーム機、オーディオコンポ。本棚には漫画と人形が積まれ、ディズニー映画のDVDが並べられている。写真立てには遊園地で撮った家族写真。そして中央の、義父に貰ったダイニングテーブルでは、みんなが味噌汁の鍋を囲んでこちらを見ていた。

「昨日も泊まり込みだったんだってね。ゆっくり休んで」

妻の真衣。

「お父さーん、モッチン出てるよ。テレビに」

娘の奈央。

家族はみな、にこにこ笑っている。私はそっと奈央の方に近づいていく。

「悪い、悪い。でもその前に……」

「え、何？」

「ちゅうさせろ！」

「やめてよ、すぐお父さんそれだから、嫌いだ」

「うるさい、誰のおかげで飯が食えると思ってるんだあ」

冗談っぽい言い方で誤魔化しつつも、私は無理矢理顔を押しつけ、キスをした後に頬をこすりつける。奈央は形ばかりの抵抗をしたが、半ば諦めているのだろう、やがて大人しくなる。

「ほら、冷めちゃうわよ」

苦笑しながらも、真衣は茶碗にご飯をよそって並べてくれた。私は「はいはい」と席につき、みなの準備が整っているのを確かめてから「いただきます」をした。家族全員が復唱し、食器や箸の音が響き始める。

ああ。

お椀を口に運ぶ。ゆっくりと渦を巻く味噌汁をすする。

本当に穏やかな時間だ。

「あ、凄い。モッチン一口飲んだだけでわかったみたい」

「ほら奈央、テレビばかり見てないで。口元がお留守になってるわよ」

行儀良く食事をする家族。整然と揃った皿に、美しく盛り付けられた料理。人参の赤によく焼けた肉の茶色、ブロッコリーとレタスの緑。彩りまでよく考えられた食卓。

「だって見てよお母さん。モッチン以外、みんなBだよ」

「Bって？　何の話」

「クイズ。高級ウイスキーがAとB、どっちかを当てるの」

「画面越しだと全然わからないね。どっちもただの黄色い液体にしか見えない」

「絶対Aだよ。だってモッチンが選んだんだもん」

当たり障りのない会話に興じる母と娘。室内には必要な全ての家電が揃っていて、花瓶にはちょっとした花まで生けてある。掃除は行き届いているが、部屋の隅にブロックの玩具が乱雑に転がっているのがまたご愛敬。

「でもモッチン、ちょっとしか味わってないじゃない。それであんなに自信満々なんて、怪しいよ」

「お母さん、違うよ。モッチンは正解ランキング、ずーっと一位なんだよ。逆に長い時間をかけて味を確かめるような人は、本物じゃないから。モッチンが正解だよ、まあ見てて」

正解はCMの後で。シンプルでわかりやすいクイズ番組、小気味よい司会者と解答者のやり取り。あらゆる観点から適度に組み上げられたエンターテイメント。

ああ、平和だなあ。

幸せに実体があるのなら、薄くて軽い羽衣のようなものじゃないかと思う。はっきりとした手応えはないが、体も心も優しく包み込み、温めてくれる。

うん、大丈夫だ。私は幸せを享受できている。これでいいんだ。

「わあ、正解だ！　やっぱりモッチン、凄い。違いのわかる芸能人」

端整な顔の芸能人が、テレビの中で髪をかき上げながら頷いている。きゃっきゃっと歓声を上げる奈央。

うん。この状況を……何と言ったらいいかな。

デコレーションケーキなんか、近いたとえだと思う。

柔らかいスポンジを三段に積んで、きめ細やかな純白のクリームで覆った、美味しそうなケーキ。熟練の職人が彫刻さながらの精巧さで作り上げた砂糖細工と、宝石のように艶めく果物がバランス良く載せられている。

そこにすっと包丁を入れる。ふんわりと、切れ目が入っていく。期待感は高まっていく。外側がこれだけ綺麗なのだから、さぞ中は……見守る人たちが目を輝かせる。

そこで中から、がばっと現れるのだ。

ゴミが。

魚の骨とか、カビ塗《まみ》れになった野菜屑とか、腐って粘液状になった米粒とか、割れた注射器とか、使用済みのコンドームとか、こんぐらがった髪の毛とか、錆び付いたバネとか、針金の刺さった魚の眼球とか。

それはゴミそのものよりもおぞましい。美しい外側に包まれているからこそ、実体以上の汚らしさを醸し出す。みんな悲鳴を上げて逃げ出す。

そう。そういう感じだ。包丁は私の手に握られている。あとはそれを振るうだけ……一番いいタイミングを見計らって……。

どうやら無意識のうちに微笑んでいたらしい。

「どうしたの、機嫌が良さそうね」

真衣に言われて、はっと我に返った。

「あ、いや。うん」

私は意識して口角を上げげる。娘を優しく見守るお父さんという風に、見せかける。

真衣はそれ以上何も言わなかった。だが私の唇は震え、箸がかたん、と指から落ちた。

「ちょっとお腹が痛くてね。トイレに行ってくるよ」

私は微笑み、席を立った。何とか誤魔化せただろうか。

トイレに入り、便器に座って私は頭を抱えた。危ないところだった。あのままだったら、奈央の無邪気で可愛らしい耳元に口を近づけて、告げていただろう。

その番組、仕込みだよ、と。

どうせ台本がある。ないわけがない。どこで誰が何回正解して、どのあたりで連続正解が途切れるか。芸能人をどんなキャラクターとして扱うか、誰と組み合わせ、どう花を持たせてどういじるか、全て打ち合わせ済みで、電波に乗せているはずだよ。純粋に楽しんでいる奈央に、こんな言葉をぶつけたところで何の意味もない。ただ無粋なだけだ。それはわかっているのだが。

いけないいな。

私はごつん、と自分の頭をげんこつで叩いた。

早くも、心のバランスが崩れてきている。早すぎるぞ。昨日、「裏返し」をしたばかりじゃないか。初めのうちは、一回「裏返し」すれば数ヶ月は持ったのに。しっかりしろ、私。

目を閉じて念じた。

さあ、お父さんになるんだ。奈央の素敵なお父さんに。娘を優しく見守る、余計なことは言わない、かっこいいお父さんに……。

よし。

水を流し、トイレを出る。

テレビのチャンネルは別の局に変わっていた。

「感動の奇跡の物語です。ＶＴＲをご覧ください」

ああ、これはさっきのよりもひどいな。

クイズは、完全に台本通りではないだろう。ある程度はアドリブで喋らせるし、面白くなりそうならば台本を無視してもいいはずだ。だが、こういった事前に編集されたものの多くは……。

「驚きの偶然でした。一時は二千キロメートルも離れた親子が、まさかの縁で繋がったのです」

真衣が涙ぐんでいる。ほとんど放送作家の創作であることなど、想像もしていないだろう。そればかりではない。

「こうしてね、人と人とは助け合っていくんですね。一つ一つは小さな善意でも、重なると奇跡になる」

今、神妙な顔でコメントしたアナウンサーが、一般のサラリーマンを「底辺ども」と呼んでいることを、視聴者は知らない。目を赤くしてハンカチを当てている清純派のアイドルが、実はセックス依存症で通院していることを、視聴者は知らない。そして彼女のスキャンダルから週刊誌の目をそらすために、別のアイドルの不倫話が事務所からリークされたことを、視聴者は知らない。

「素敵な話だねえ」

「本当に。でも、テレビ局はどうやって、こういう話を見つけてくるのかな？」

「きっと情報通がいるんだよ。ね、そうだよね、お父さん」

私は黙って頷いた。何も言わない方がいい。いや、一度話し出せば機関銃のように言葉が飛び出してきそうで、口を開けなかったのだ。

ぎゃははは。そんなはずがないだろう。まさか、本当に信じているのか？　テレビや新聞、いやノンフィクション小説でもいい。そうした形で提供される商品の、全てが事実だと、本当に？　だとしたら、うん。幸せ者だなあ。皮肉じゃないとも！　心から羨ましいと思うよ。それに、ほんの少しは事実もあるからさ！　だいたい嘘だとしても、大丈夫！

私は歯を食いしばってこらえた。言うな。言うな。考えるな。

「あ、お父さん、おかわりはどう」

奈央が聞いてくれて、助かった。話題が変わった。私は空っぽの茶碗を覗き込む。

「ちょっとほしいかな。でも、自分で取りに行くよ」

「だーめ。お父さん、家でくらいゆっくりして欲しいもん。中盛り？　大盛り？」

「じゃあ中盛りで」

「了解！」

台所へと駆けていく奈央。気立てのいい、親切な子だ。きっと私を、仕事に一生懸命で家族想いのお父さんだと信じているんだろう。何一つ後ろ暗いことのない人間だと。

ああ、いけない。

その華奢な後ろ姿を見ていると、またむくむくと衝動が湧き上がってくる。振り払えそうにない。どうする。またトイレに行くか？

そうだ、思い出せ。思い出すんだ。

私は咄嗟に目を閉じた。そしてつい昨日、「裏返し」た女の顔を、頭に思い浮かべた。

そう……あの女も私を信じ切っていた。

少なくとも、「裏返し」するような人間だとは想像もしていなかったはずだ。

テレビマンだとわかる名刺を出して、私がほんの少し業界の裏事情なんかを教えてやるだけで、目をきらきら輝かせていた。アイドルにしてあげるという与太話を真に受けて、体のラインを見ておきたいという言葉を受け入れて、あの地下室へとやってきた。

女も自分なりに計算があったのだろう。服を脱いでくれと言った時、女はきちんと言質を取った。これでお仕事が貰えるんですよね、と。私が頷くと、満足げにその肢体を露わにし始めた。

アイドルになるために体を使う、そこまでは想像できていたのだろう。だが浅い。

デコレーションケーキにスプーン一つ入れた程度で、中身を知ったつもりになっている。

違うのだ。この世に隠された汚物は、人の想像を遥かに上回る。

私はいきなり女性の腹にナイフを突き立てた。鋭利ではあるがそこまで巨大なものではない。人体を裏側まで貫通するなど、望むべくもない。だが切開には適している。

「車の中で、何度も何度も鏡を見ていたね」

恐怖に顔を引きつらせている女性に、私はそう囁いた。

「最初から私に抱かれるつもりだったんだね。こんなにきちんと化粧をして、ああ、こんなに真っ赤な口紅を塗って。パンツも、キャミソールも、確かに全てが完璧だよ、素晴らしく整っているよ」

そっとナイフを上へと導いていく。女性のへそから始まり、胸に向かって皮膚を裂いていく。まるで着ぐるみのファスナーを開くように。

「そうして君はアイドルになるつもりなんだ。テレビの中で笑って、舞台の上で踊って、美しいもの、清純なものの象徴になる。トイレにも行かない、オナニーもしない、醜い男などと手も繋がなければキスもしない、股を開くなんてとんでもない、幻想そのものを演じるつもりなんだ、そうだろう」

女性は金魚のように口をぱくぱくと開いていた。ショックで声が出ないのだろう。

「確かにね、一部だけ見れば君はアイドルにふさわしいよ。綺麗だし、度胸もある。好きでもない男に性器を貸す気迫だってある。そんなところ、とっても素敵だよ」

最初から開かれることを前提としているファスナーとは違い、人の皮膚は頑丈だ。繊維に逆らって切り裂きながら、抵抗に出くわすたびに引っかかり、それを突破しながら、私は女性をジグザグに裂いた。少し斜め右に切って、今度は左に切って。だいたい真っ直ぐになるように、筋を切断し、骨にぶつかりながら。ぶちぶちと手に不快な感触が伝わってくる。

「でもね。君はわかっていないんだ。そんな君自身が、幻想に操られているってことを。この世は巨大なゴミ溜めなんだよ。ゴミ溜めでゴミがゴミを見て喜んでるんだ。ほら、見てご覧よ！」

女性の悲鳴が響く。私はその口を押さえた。

腹圧に負け、皮膚の内側が外に出てきている。腹膜を裂くと、ぬらりとした内臓が姿を現した。

「君の中にたっぷり詰まったものをさあ！」

それをいじり回し、引っ張りだし、女性の目の前に突きつける。

「鏡なんて見て、顔面にちょっとしたものを塗りたくったところで、私の目は誤魔化せないよ。どうだい。顔なんて割合からすれば、人間のほんの一部に過ぎないじゃないか。君の大部分はこっちだ。こっちなんだ。どんなに香水をつけたって、香りのいいシャンプーを使ったって、君は脂と血と糞《くそ》に満たされてるんだよ。いわばゴミ袋だ！　君は外側だけ脱臭されたゴミ袋なんだ！」

　叫びながら、私の全身を快感が貫いていく。

「知ってるぞ。トイレットペーパーだけでなくウォシュレットまで使ってたね。そんなに糞便が汚いか？　目に見えないところにやりたいか？　自分の体についてちゃだめか？　でも、自分の中から出てきたものだろう。内側にいっぱいへばりついてるよ！　いいかい、教えてやるよ。どんなに爽やかな人間だって、上っ面だけだ。中身には糞が詰まってるんだよ、『裏返し』て見てみろよ」

　慣れた動作で大腸を裂く。途端に猛烈な臭いが立ちこめる。肉と血と脂と、そして便の臭いだ。

「綺麗になりたいなんて言葉、ここを見てからもう一度言ってみろよッ！」

　女性の目を無理矢理こじ開ける。

　その鼻先に腸を持って行き、見せつける。中身が顔にこびりつく。何度も何度も顔面に内臓を擦りつけ、嫌がろうが悶えようが、しつこく突きつけ続ける。ほとんど狂気を感じさせる声で、女性が叫んだ。おぞましい声が、締め切られた地下室の中に虚しく響いた。

こんな時、私は心底ほっとする。

ああよかった、と思う。

母に抱かれているような安心感が全身に広がって、優しい気持ちに満たされるのだ。

ほうとため息をつく。

そしてようやく、私は標的にとどめを刺す。

可哀想になってくるからだ。ようやく他人を思いやる心の余裕ができると言ってもいい。こんなに怖い思いをさせてしまって申し訳ない、せめて安らかに眠ってくれ。

身勝手な理屈だと自分でも思う。

ナイフを振り下ろし、私は一撃のもとに命を絶つ。

どんよりと曇った瞳を開いたまま、単なる物体と化した女性の肉体が転がった。

その傍らで余韻に浸りながら、私は一人考える。

またやってしまった。これまでに何人も殺してきた。自分は大量殺人者だ。さっきまでの自分を振り返ると、我がことながらぞっとする。だが、仕方ない。こうする他ないのだ。

決して快楽のために殺しているわけではない。殺しに酔っているわけでもない。私にとって「裏返し」は、何もかも嫌になりそうな夜に、そっと煙草を一本吸って心を慰めるようなことなんだ。

ここまでしてようやく、もう一度頑張ってみようという気分になってくる。みんなそれぞれに苦労している。キツイのは自分だけじゃない。さあ、いい番組を作ろう。いいお父さんになろう。世の中を良くするためにできる限りのことをやってみよう。前向きな気持ちになれるんだ。

転がっている死体を見つめる。真っ白な顔の女性は、軽蔑するような目で瞬きもしない――。

「はい、お父さん。お待たせ」

私は奈央の声で現実に引き戻された。

ああ、もう大丈夫だ。しっかりと思い出したおかげで、衝動はどこかへ消えていった。

「ありがとうね」

奈央からお茶碗を受け取って食卓に置く。

「奈央」

「ん？」

すぐそこで、綺麗な二つの目がこちらを向いている。宝石のような光を湛えて。この世の邪悪など一つも知らないかのように。

「お前は、お父さんの宝物だよ」

奈央を抱え上げて、私は頬ずりする。

「わあ、ちょっと、くすぐったい」

柔らかな皮膚の触れ心地。心からの安らぎ。

そうさ、お前よりも大切なものなんてない。お前の前で素敵なお父さんでいるために、私は「裏返し」を続けるんだ。


早くも翌日から、私は新しい獲物を物色し始めた。

自分でわかるのだ。昨日の衝動は普通じゃなかった。そろそろ「裏返し」をしておかないと、たぶん取り返しのつかないことになる。

やがて獲物は見つかり、数日後にはおびき出しに成功した。もう、何人目になるだろうか。ずいぶん手慣れたものだと、一人で苦笑する。

えらく酒好きの女だったので、これ幸いとカクテルに薬を混ぜ、眠らせて運ぶ。車を止めてトランクを開けても、彼女はまだぐっすりと眠っていた。担ぎ出し、駐車場からすぐのエレベーターに入ると、そのまま地下へ。浴室を改造して作った部屋に向かった。

女は軽かった。

まだ起きる気配はない。

なら、さっさと磔《はりつけ》にしてしまうか。後の仕事が楽になる。

私は女に傷をつけないよう、慎重に抱え上げると、部屋の中央に横たえてある磔台まで運んだ。そして服を脱がしていく。どうせ二度と着ることもないのだ。時々破いたり、ナイフで切ったりしながら、可愛らしいピンクのワンピースと、赤い下着を剥ぎ取った。

その体は白く、美しかった。

努力しなければ、なかなかこうはならない。普段から自分の体を管理しているのだろう。出ているところは出ていて、しかしくびれはしっかりと残り、肌も艶めいている。そして化粧は完璧と言っていいほど見事な出来映えだった。かすかに響くいびきの中、四肢を大の字に広げさせ、革製の手枷と足枷をつけ、革のバンドを首に巻き付ける。きちんと固定されたのを確かめると、私は電気を消し、ソファに座って煙草に火をつけた。

後は待つだけだ。

さほど時間はかからなかった。三十分ほど過ぎた頃、微かな呻き声と共に、女は目を覚ました。

「……そこにいるの、須賀谷さん？」

たっぷり時間をかけて煙を吐き出してから、私は答えた。

「ああ、いるよ」

しばらく鎖が擦れる音が続いた。拘束に気がついたのだろう。女はくすくす笑う。

「へえ、こういう趣味の人だったんだ、知らなかったな。娘さんの写真を持ち歩いてる、優しいパパだと思ってたから」

「意外だった？」

「別に……ベッドの中では変態ってパターン、多いもん。ねえ、電気つけてよ」

私はほくそ笑む。さあ、お楽しみの始まりだ。立ち上がってスイッチを入れると、照明がついた。どこか手術室を思わせる、殺風景な室内が露わになる。女はあたりの防音壁を見回し、すぐ横に整然と並べられた器材類……ノコギリやナイフ、ペンチなどに目を丸くした。

「うわあ、ここまでの人は初めてかも。いつもこんなことしてるの、須賀谷さんは」

「まあね」

「奥さんとも？」

「まさか」

「ふふ。やっぱり裏方の人ほど抱えてるものがあるよね。アーティストとか、芸能人とか、自分はセンス一本で勝負してますって人ほど、セックスはありきたり、しかも下手でつまんない。須賀谷さんは凄いよ。もっともっと出世すると思うな。そんな人に誘ってもらえて、ミイコは嬉しいよ」

「そりゃどうも」

よく喋る女だ。銀座の店で寿司をつまんでいた時からそうだったが、どこかこちらを見透かすようなところがある。まだ自分の置かれた立場をわかっていないのだろう。まあいい、それならそれでゆっくりと教えてやる楽しみがある。

「ね、ミイコはどんなお遊びでも付き合ってあげるつもり。今夜はこのちっちゃい、えっちでろりろりな体、ぜーんぶ、須賀谷さんの好きにしていいんだから。でも一応、確認させてほしいの。ちゃんと新しい番組で、ミイコを一番に推してくれるんだよね」

「ああ、生きて帰れれば」

「嫌な冗談言うの、メッ。あと、拘束具が革だからたぶんわかってるとは思うんだけど、念のため言うね。ミイコ、痛いのは割と平気なほうだけど、痕が残るようなことはだめだよ。キスマークとか、縄の縛り痕とか。縄はまあ、プロの人がやるならいいけど……ほら、わかるよね。ミイコ、アイドルだから。ファンの人を悲しませたり、不安にしたくないの」

「なるほど。ご立派な考えだ」

アイドルと言っても、こいつはその前に自称、とつく。テレビ出演はおろか、雑誌に載ったこともない。インターネットで検索しても、せいぜい自作のHPが出てくるだけだ。一応、熱心なファンに金を出させて、小さな舞台でライブを数回やった実績はあるそうだが。この程度の女はごまんといる。

服装も、体形も、キャラ作りも、確かに努力の跡はうかがえる。だが決定的に顔が悪い。不細工とかそういうことではない。バランスは整っている方だが、華がなく画面映えしないのだ。

「ミイコ、絶対人気アイドルになるから。国民的、って頭につけてもらえるような。須賀谷さんがミイコを推したこと、後悔させないようにするからね」

「それは楽しみだよ」

仕事柄、こういう女はそこそこ寄ってくる。一切相手にしない同僚が多いが、やりたい放題のやつもいる。私は一見潔癖に思わせておいて、うまく転がせそうな女だけを慎重に誘い出し、餌食にするタイプだ。

「それで、どうやって遊ぶの？　ミイコは、できれば決めておいた方がいいと思う」

女は焦る様子もなく、磔台の上で笑っている。何だか妙に態度がでかい。私は立っているのに、どうしてこいつは偉そうに寝っ転がっているんだ。

「ほら、SMプレイって一口に言っても、色んな嗜好があるでしょ。赤ちゃんになるのと奴隷になるのとじゃ、全然違うし。軽く打ち合わせしといた方が、息が合うと思うんだ。ミイコ、すれたこと言ってる？　でもね、違うんだよ。須賀谷さんを楽しませてあげたいからだもん。どうせなら、素敵な時間になった方がいいでしょう」

「そうだね。そこまで言うなら教えてあげるよ」

私はゆっくりと、部屋の隅まで歩いて行った。そこにはやはり磔台が立てかけてあり、黒く分厚いビニールがかかっている。女の視線がこちらに向いているのを確かめて、私はビニールをそっと取り払った。

「私はこうやって遊ぶんだ」

女が体を起こそうとして、磔台をがたん、と揺らした。

「何それ、気持ち悪い。作り物？」

「いいや、本物だよ。つい先日まで生きていた」

室内に静かな緊迫感が満ちる。ようやく女の口も、滑らかには動かなくなったようだ。

「……猿？　鹿？」

「わからないかな。君と似たような生き物だよ。ただ、『裏返っ』ているけれど」

女の表情が引きつる。瞳孔が開く。

「どういうこと」

「私はね、アジの開きが好きなんだ。アジの開きって、こう、文字通り……ぱかっと開いているだろう？　あまりにも印象的だから、子供の頃、アジはああいう形で海を泳いでいると信じていたんだ。笑えるだろ。この生き物も同じさ。こうして開いてしまうと、君には何だかわからない。だけど私はしょっちゅう、開いた状態のものを目にしているから。時折彼女たちは、こっちの形で歩いて、こっちの形で歌ったり、踊ったりしているような気がしてきてしまうんだ」

開かれた肉体を、私はそっと閉じていく。ちょうど観音開きの扉を閉じるような感じだ。ひっ、と女が息を呑んだ。

「わかったかい？　これが、何だか。君もすぐにこうなる」

頭から顔を貫いて、鎖骨と鎖骨の間を通り、そのまま腹を裂いて、下腹部を抜けて尻まで。上から下まで切れ目が入った、全裸の若い女性の姿が現れた。

「この子も国民的アイドルになるのが夢だと言っていたよ。同じ部屋でこれから、仲良くしたらいい」

私は微笑んでみせた。

女が青ざめている。歯をかちかちと鳴らしている。

もっと、おののいてくれ。もっと怯えて、震えてくれ。ショックを受けている君に、醜い中身を突きつけてやるのが私は大好きなんだ。いいよ、泣き叫んでいい、悲鳴を上げて暴れてもいい、胃の中のものを吐き出して、尿と便を漏らして、ぜひ滑稽にあがいてくれ。いつだって前向きで、にこにこ笑っていて、頑張り屋のアイドルの仮面を外して、醜い本性を晒してくれ。その後で、ゆっくりと始めていこうじゃないか。

舌なめずりする私の前で、しかし女は期待したような反応を見せなかった。

目を閉じ、しばらく歯を食いしばる。睫毛の隙間から数滴の涙が零れたけれど、それだけだった。女は深いため息をつくと、目を開いた。冷めた瞳だった。

「あーあ。ミイコ、ついにやっちゃったかあ」

先ほどまでの猫なで声ではなく、太く低い声だった。

「何?」

「ね、須賀谷さん。念のため聞くけどさ、実はドッキリでした——……なんてこと、ないよね。全部仕込みでさ、それ、よくできたセットで、須賀谷さんも悪役の演技で。番組に推したあとは、ホラー系の映画に推薦するつもりで、ミイコの反応見てるとか。ないかな」

何だ、こいつ。

「こいつが、セットだと思うかい。よく見て確かめてみなよ」

私は、死体を磔台ごと近づけてやる。女は顔を背けた。

「だよね。うん、もういいよ。ビニール取った瞬間、むわっときたもん。凄い臭い。お腹壊したときのうんちを、もっと煮詰めて生ゴミと混ぜたみたいな。ドッキリ映像ならわざわざ、こんな臭い作らないもんね。じゃ、やっぱり本当かぁ」

もう一度深いため息。私が見たい顔と、少し違う。

「ま、ある程度覚悟はしてたんだ。名前を売るために、ネットで知り合っただけの人とデートしてた頃からね。相手が金持ちだったり、社長だったら、普通に一緒に密室入ったり、おうちに行ったりしてたもん。リスクはわかってた。レイプとか、変な写真撮られちゃうとか、あるいは薬物打たれて言うこと聞かされちゃうとか。だけどミイコみたいな十人並みがアイドルになるには、それくらいは仕方ないと思ってたから。あーあ、でもミイコ、運はいい方だと思ってたんだけど。変な人引かないくらいのラッキー、持ってるはずだったんだけど……賭けに負けちゃったんだねえ」

私は女をまじまじと見つめた。

「諦めたのか？」

「まーね」

女はつまらなそうに言う。

「私が怖くなさそうだな」

「怖いよ。さっきはああ言ったけど、本当は痛いのだってヤダし。でも泣き喚いても須賀谷さん、喜ぶだけでしょう。楽しませれば命は助けてくれる、って言うなら頑張るけどね。むしろこうして冷めた態度取ったら、萎えて解放してくれないかなーって……ま、望み薄かな、ハハ」

眉間のあたりがぴくぴくした。鼻につく態度だ。

「ずいぶん余裕があるじゃないか」

「ミイコはね、これまで色々あったし？　パパが人を殺して刑務所入ってるし。パパ、別に悪い人じゃなかったよ、今でも好きだもん。でも力加減ができないタイプで。いちいちやり過ぎちゃうんだよね、それで職場の喧嘩で勢い余って、ボコン。先輩を撲殺しちゃった。そういうの見てると、殺人ってそんなに特別なことでもないかなって。

「須賀谷さん、煙草くれない？」

「吸わないんじゃなかったのか」

「アイドルの仕事中はね。ね、最後に一本くらい、いいでしょう」

私は懐からシガレットケースを取り出し、一本くわえさせて火をつけた。手を封じられた女は、顔を横にして灰を落としながら、器用に煙を味わった。

「吸いづらい……はあ。でも、美味しい。ねえ須賀谷さん、結局この世界ってさあ、人と人とがぶつかり合って、みんなが幸せになろうって蠢《うごめ》いてるわけじゃん。殺人なんてあっちこっちで起きてる気がするの。面接で落とした学生が悩んで自殺しちゃったら、それって殺したようなもんじゃん？　取引先の仕事を打ち切って、その会社が潰れて社員が路頭に迷ったら、それもそうじゃん？　なんか凄い面白い漫画描いてさ、それでたくさん儲かって読者が喜んでも、その分売れない漫画描いてる人が苦しんで、貧しくなって死ぬかもしれないじゃん。これも殺しじゃん？」

「そんなことを言い出したら、切りがない」

「そうだよ。だからわかりやすいやつだけ、警察が追っかけるわけでしょ。でもそれって、現実的な落としどころってだけで。世の中の殺人とか自殺とか、本当はみんなでちょっとずつ殺したようなもんだよ。最後の一押しをした人だけが、悪いのかなあーってのはいつも思う」

　女は煙を吹きながら、淡々と続けた。

「だから同じだよね。みんな、誰かをちょっとずつ殺してる。そしてミイコたちも、誰かからちょっとずつ殺されてる。別にいいよ？　そういうものなんだから、変えようとか思わない。でもさ、なんか改めて考えると気が滅入ってくるじゃん。だからミイコ、アイドルになろうと思ったんだ。見ている時だけは嫌なこと忘れて、楽しい気持ちになれるアイドルにね。ま、多少なりとも？　みんなを幸せにしたかったし……ふふ」

　女はにやっと笑った。

「ミイコ、そういう価値観の人だから。今さら誰かに殺されても、あー私の番来ちゃったか、ってなるだけなの。アイドル続けられないのは残念だけど、ミイコがやらなくても他の子がいっぱいいるしね。もちろんやりたいことは、まだまだいっぱいあったけど。いつ死んでもそうだもんね」

　変な奴だ。こんなに変な奴だったのか。

「ミイコに比べると、須賀谷さんって純真そう」

　女は上目遣いで私を見る。

「何?」

「ね、須賀谷さん。いいよ、私のこと殺して遊んでいいよ。その代わり、教えてくれない? 須賀谷さんのこと。ほら、私も何にも知らずに死んでいくのってちょっと寂しいし。閻魔《えんま》大王様に会って、どう説明していいかもわかんないから」

「何が知りたいんだ」

　女は、磔台の死体を顎で示す。

「どうしてあんな風にして殺すの? 外側は綺麗で整ってて、内側はグロくてキモい、二つは紙一重ってのがいいのかなあ。ちょっとわかんない。ね、何のために人を殺すの」

「殺すんじゃない。『裏返し』た結果として、死ぬだけだ」

「じゃあなぜ『裏返す』の?」

　ふう。

こんな質問に答える必要などないのはわかっている。だが、どういうわけか私も話を続けたい気分になっていた。

「いいよ。じゃあ、最後に教えてあげよう」

私は血飛沫の残るソファに腰掛けて、自分も煙草をくわえる。火をつけて、話し始めた。


あれは、高校生の頃だった。

テレビで見た、とあるドキュメンタリーに打たれた。その作品は貧困国の現実や、顧みられない社会的弱者を鮮やかに描き出しつつ、見ている者を引き込む緊迫感に満ちていた。まるで自分も、カメラを持って現地に乗り込み、トラブルを切り抜け、現地の人と力を合わせ、腐敗を追及しているような気持ちになった。

画面にかじりつくようにして見て、番組が終わってからもしばらく放心状態で動けなかった。それほど心を釘付けにされたのだ。

これだ。映像にしかできない表現。映像でしか伝えられないメッセージ。なんという意義深い行いだろう。こういうものを、一生の仕事にできたらどれだけ誇らしいだろう。

それまでは、漠然と何か世のためになるような仕事をしたい、くらいしか将来について考えてはいなかった。それが突然、確固たる夢ができたのだ。まるで脱皮したような気分。それまでもやもやと存在してはいたが、実体が見えなかったものが一気に結実したような感じだった。

ただ、私にアーティストの才能はない。映像作家になれないのは自分でわかったから、映像系の会社に入ろう。テレビ局なら最高だと思った。

私は猛勉強を始めた。テレビ局の就職に強い大学や学部を探し、対策を練る。業界の人が書いた本を読む。映像会社でバイトする。大学に合格してからは広告系のサークルで活動し、OB訪問を重ね、必要そうなスキルは何でも勉強した。漢字検定だのTOEICだの、簿記だの運転免許だの、とにかく取れる資格は何でも取り、やれるだけやった。

そのうち何が功を奏したのかわからない。

とにかく私の情熱の前に、扉は次々に開かれていった。テレビ局への就職が決まり、少しずつ仕事を任され、実績も積み上げた。ひたすら各所と調整するとか、徹夜でデータを編集し続けるとか、苦労も多かった。だが、私にはいつかやりたい仕事があったのだ。その想いで、必死に頑張り続けた。いつの間にか結婚もしていた。妻の真衣は私の夢を応援し、いつでも励ましてくれた。

ついに私は、プロデューサーになった。それだけでも信じられないような思いだが、喜ぶのはまだ早い。すぐに、あのドキュメンタリー作品を手がけた監督に連絡を入れた。電話のコール音を聞きながら、心臓がばくばく鳴っていたのを覚えている。短いやり取りの後、監督はあっさりと、ぜひ一緒に仕事をしましょう、と言ってくれた。夢が現実になったのだ。

嬉しくて嬉しくて、仕方なかった……。

今思えば、私は余りにも夢のために生きていた。夢の比重が、大きすぎたんだ。もっとお金とか、地位とか、そういったもののために働いていれば良かった。私にとって夢は、もはや人生そのものであり、私そのものになっていた。高校生の頃受けた衝撃は、長い時間をかけて美化され、恐ろしいほどの輝きを放って私の心の中で燃えていた。

もっと早く気づけたはずなんだ。

その輝きのせいで、目が眩んでいることに。何か小さな矛盾に出くわしても、見ない振りを続けてきたことに。

最初の打ち合わせだったかな。あなたの作品に感銘を受けて、この業界に入ったんです。興奮を抑えながら私がそう伝えると、監督は苦笑いしたんだ。

おいおい、よく続けてこられたな。

それから、私の「裏返し」が始まったんだ。

今でも私は、監督の甲高い声をよく思い出せる。

うーん、パンチが弱いなぁ。泣いてる貧しい子供の絵がほしい。誰か、泣かせられる子供、連れてきて？　あはは、違う違う。役者じゃなくていいの。その辺の子供に小遣い握らせて、やらせればいい。リアリティが違うよ。あ、まずは親に渡した方がいいかもな。喜んで子供を差し出すはずさ。

監督は、知られざる真実を暴き出す、孤高の映像作家ではなかった。やらせでも何でも使って、視聴者を喜ばせる男だったのだ。

完全に捏造とは言い切れない。実際に子供は、貧しいからこそ泣かされているのだから。だが、真実を映し出しているとは到底言えない。万事、そういったやり方だった。古い崩れかけの住宅を撮り、「こんな家にしか住めない人々」という文脈で使う。しかしそこは取り壊し前というだけで、住んでいた家族は小綺麗なアパートに引っ越し済みであった。数日ぶりに会った家族は、「奇跡の再会」。ちょっとした偶然を膨らませて肉付けして、「感動の人間ドラマ」。あえて悲惨な瞬間だけを切り取って、「悲劇の兄弟」。

カメラで撮らないなら参加してもいいよ、と言われた祭りに隠しカメラを持って入り込み、「スタッフが単独潜入し、長い時間をかけて関係を構築し、ようやく撮影が許可された」とテロップを出す。

どうせ気づきはしない、気づいても問題にはなりゃしない、万が一問題になっても口約束だから証拠はない。やりたい放題……。

びりびり。

そんな音が聞こえるような気がした。いや、実際にあの頃、私の表面にはひびが入り、表皮が破れて剥がれていたんだと思う。監督のやらせを見る度に一枚、また一枚。私の理想は、夢は、音を立てて崩れていく。粉々に砕けるとか、そういう感じじゃないんだ。

何重にもコーティングされた玉から、びりびりと、一枚ずつ美しい表皮が剥げ落ちていくんだ。そして中から醜悪なものが姿を現す。私がもっとも嫌うようなものさ。エゴだったり、欲だったり、不正だったり、裏切りだったり、嘘だったり、悪意だったり……。

毎日仕事には行っていたよ。きちんとそれまで通り、働いた。家でもいつものように振る舞っていた。あの監督とついに一緒に仕事ができるから、嬉しいんだ、なんて娘に言ったりしてね。

でも、心と体はばらばらだった。

壊れた自分の体を、内側から見ているような気がしたよ。仕事をしている自分を、どこか空から見下ろしているような気もした。自分が今どこにいるのか、何をしているのか、頻繁にわからなくなっていた。

始末の悪いことに、番組は人気でね。

視聴率は伸び、感動したとの手紙が届き、グッズが作られ、続編の制作が決まる。

私も監督も評価されていく。

そして、もう一つやりきれない点があった。監督が、決して楽をしていなかったことだ。

ただ真実を暴き、映し出したところで、誰も見てくれない。一部の物好きが喜んではくれるが、それだけ。一般大衆に見てもらうには、加工に加工を重ねなくてはならない。演出し、脚色して、流行りに乗せ、感動のストーリーを無理やり作り出し、わかりやすい悪役を設定した上で、適度にギャグや息抜きを挟み、登場人物の数はできるだけ減らして、画面映えするキャラクターを放り込み、苦情が来そうな表現は慎重に避けつつも、刺激的なシーンを毎回一つは必ず入れる……。

嘘だらけだ。だがよくできた嘘を作るのは、とても大変だった。ある意味では、真実よりも困難ですらある。

髪の薄くなった頭に汗を滲ませつつ、子供に紙幣を握らせて刻み玉ねぎを嗅がせる監督を見ていると、彼を完全に否定する気にもなれなくなってしまった。

私の夢は、美しいものだけで作ったら、きっと夢にはならなかっただろう。核に醜いものがあったからこそ、夢として輝くだけの光を得たのだ。

ああ、もっと早く知りたかった。

大人だったら、そういうもんだと割り切るべきなんだろう。誰もが遅かれ早かれ、社会の矛盾にぶち当たり、受け入れて生きていく。

私も、少しずつ受け入れようとした。仕方ない、こういう仕事なんだと。煙草を始め、酒の量は増えたけれど。だんだんと、自分が今どこにいるのかわからなくなるような感覚は、減っていった。

だけどね。

私の夢はやっぱり強すぎた。頑丈なものを力任せに「裏返す」と、傷は深くなる。その心の傷が、次第に私を蝕み始めたんだ。

どういうことかわかるかい。

喩《たと》え話をしよう。こんな心理、想像がつくかなあ。

君は大恋愛をしていた。高校生の頃、ある日突然恋に落ちて、それからずっと、朝も晩もその人のことしか考えられなくなった。君はその人と付き合うために努力を重ね、青春の全てを犠牲にし、職業も、進路も、全て決めた。その甲斐あって、十年の時を経て、ついにその人と結ばれたんだ。だが、喜びも束の間。君は手ひどく振られてしまった。

だが、相手の事情もわかるし、恋愛とはそういうもの。君は自分を説得し、現実を受け入れようとする。また明日から、頑張って生きていこうとする。だけど、もう君はこれまでの君とは違っているんだ。

怖いんだよ。恋愛するのが、怖くなっているんだ。

たまに素敵な人と出会っても、また同じようなことになったらと思うと、怖くて怖くてたまらない。向こうから告白されて、頑張って付き合ってみようと思っても、恐怖の方がずっと上回ってしまう。今は幸せでも、また振られるんじゃないか。それは明日かもしれない、今日かもしれない。そんな怯えを抱きながら生きていくなんて、考えられない。

そして君は、衝動的に自分から相手を振ってしまうんだ。相手からすれば、なぜ振られたのかさっぱりわからない。自分でも理屈に合わないのはわかってる。自分から不幸に向かっているんだから。でも、止められない。

つまりそういうこと。

私のケースに当てはめてみようか。

私は、綺麗なものに惹かれ、「裏返さ」れて、絶望した。

だから綺麗なものを見ると、怖くなるんだ。いつか「裏返っ」て中から汚いものが出てくるんじゃないか、と。そして怖くて怖くてたまらなくなった果てに……いっそ自分から、「裏返し」てみたくなるんだよ。そして予想通りに汚いものが顔を出すと、悲しいけれど安心するんだ。

　とても安心するんだよ。


「えーっ、じゃあミイコ、須賀谷さんに美しいものだって思われてるってこと？　高校の頃心を打たれた、ドキュメンタリー作品なみに？　それで狙われてるの。信じられないけど」

　磔台の上で女がぼやく。

　私は二本目の煙草をくわえさせながら、ため息をついた。

「ごめん。そこまでは思っていない」

「どういうこと。わけわかんない」

　ここまで話したのだから、全て正直に言うべきだろう。

「君は代替品なんだよ」

「は？」

「決してバカにするつもりはないよ。でも、私にとって何よりも美しい存在は、君の他にいるんだ。その人を見ていると、心の底がむずむずしてくる。『裏返し』てやりたくなってしまう。最初は小さな衝動だよ、子供じみた。手品の種明かしをするとか、テレビ番組の裏を教えたくなるとかね。だけど、この衝動が育っていくとまずいんだ。一度暴走したら、その人を精神も、肉体も、完全に『裏返す』まで止まらないだろう。そうなったら取り返しがつかない」

「はー」

女はため息なのか相づちなのか、中途半端な声を出す。私は構わず続けた。

「私にとって、その人は美しいだけでなく、どうしても欠かせない人なんだ。今度こそ、きちんと守りたいんだ。だから、こうして発散する。君のような人を狙って」

「はー。何？　じゃあつまり、ミイコは別にいなくなってもいいってわけ。世界に必要ないと」

「世界にとって、どうかは知らない。だが、少なくとも私にとってはそうさ」

「随分勝手なこと言うね。最悪の自覚ある？」

「もちろん。私は最初に『裏返し』た時から、完全に計画的だった。専用の部屋を用意し、慎重にターゲットを選び出した上で行った。周囲の目を誤魔化すには、やらせの経験が大いに役立ったよ、皮肉だがね。アイドルを夢見て家出してきたという、若くてそこそこ可愛らしい女を『裏返し』たんだ。結果は思った通りだった。これこそが自分に必要だったと、感じた。そして私はしばらく、平穏に暮らせた。それから何人も、こうして『裏返し』続けてる」

「あっそ……」

私は一つ頷く。そして、ナイフを手に取った。

「さあ、話せることは話した。そろそろいいかな」

女が私をちらりと見る。冷たい目だった。そしていきなり、鼻で笑った。

「ねえ、須賀谷さん。その何よりも美しい、欠かせない人って、もしかして娘さん？」

言い当てられて、どきりとした。だが、別に知られて困りもしない。私は頷く。

「ああ」

「ふーん。娘さんが何よりも美しいって言い切れるんだ。いいお父さんだね。娘さん、大好きなんだね」

「うん、そうだよ」

私はゆっくりと、磔台に近づく。ちょっと長話をしすぎた。そろそろ作業を始めないと、掃除や後片付けで遅くなってしまう。

「じゃあ娘さんを『裏返し』たら、さぞかし気持ちいいだろうね」

その言葉に、足が止まって動けなくなった。

私はただ、女を見つめる。

「……今、何て言った」

「早く『裏返し』たいだろうねえ。ミイコみたいな代替品、じゃなくってさ。本物を」

「何を言っている？　奈央は私にとって守るべきものだ。『裏返す』ことなど決して……」

「へえ、奈央ちゃんっていうんだ。いい名前。でもさー、違うと思うなあ。だって須賀谷さん、殺し方の説明してるとき、凄い顔だったもん。薬でイッちゃってるような顔。何かさ、振られた可哀想な子が自分から不幸になっちゃう、みたいな話してたけど。そういう感じじゃなかったよお？」

背中から嫌な汗が滲み出てくる。

「自分から振っちゃう子にも色々あってさ、本当にただ怖くてって子もいれば、その絶望自体が癖になってるタイプもいるんだよね。ジャンキーみたいな。幸せから一気に自分を突き落とすと、すっごい喪失感が、脳をびっしり埋め尽くすんだよ。これ、強烈な刺激でさ。ダウナー系ドラッグみたいな？　一度味わっちゃうと、世の中の全てが退屈に感じちゃうんだよね。で、癖になる。もう一度やりたくなる。須賀谷さんの衝動って、本当はそっちじゃないの？」

「まさか。いや、そんな」

女の口を見つめる。その言葉が、勝ち誇ったように放たれた。

「わかってないなら、ミイコが言ってあげようか。須賀谷さんは、奈央ちゃんを守ってるんじゃない。待ってるんだよ。もっとも美しく、もっとも欠かせない存在に育ちきったところで『裏返す』ために……」

一瞬、磔台の女が、奈央に見えた。

奈央が全裸で、四肢を拘束され、煙草をくわえていた。

自分の口を手で覆ったが、間に合わなかった。腹が痙攣し、胃液が噴き上がってくる。あっという間に口の中が酸っぱいものでいっぱいになって、たまらず床に吐いた。

そのまま、しばらくえずいた。

「えーなになに、どうしたの？　ミイコの言葉、図星だった？　あはは、面白おい」

女が大笑いしている。

だめだ。これ以上、あいつを喋らせてはいけない。

「楽しみだね、自分の娘を自分で殺しちゃうの！　今から想像できるよ、すっごい絶望だろうねえ。夢がぶち壊された時の比じゃないかもよ？　きっと気持ちいいよ、でもミイコ、快感が過ぎ去った後が楽しみ！　我に返って、『裏返さ』れた奈央ちゃんの前でへたり込む須賀谷さんを見たら、絶対笑っちゃうと思う。ざまあみろ、バーカって！」

早く、黙らせなければ。

「わー、須賀谷さん、ナイフ振りかぶっちゃった。ねえそれどうするの、やっぱり刺すの？　やだなあ、なるべく楽に死ねるようにお願いね。あー、やっぱりミイコは死んじゃうのか、あーあ」

だが、だめだ。

まだ磔台に、奈央がいる。なぜか女が奈央に見えてしまう。どうして？　そんなこと、したくないのに。奈央にナイフを突き立てるなんて、決して、決して……。

「あーあ、あーあ、じゃあ仕方ない、仕方ないよ。せいぜい予行演習したら？　奈央ちゃんを惨殺するときの、練習。はいどうぞ！　私、奈央でーす。奈央ちゃんでーす。パパはテレビ局で働いてますぅ。これからパパに殺されちゃいまあす、いやあん」

「黙れ！」

食いしばった歯が、音を立てる。私はナイフを勢いよく振り下ろした。

「いったあい、やだ、やだやだ！　痛い！　クソ、クソバカ！　バカ野郎！」

やめて！　お父さん、やめて！

奈央の声が聞こえる。幻聴だ。わかっているが、消えない。

どうしてこんなことするの、やめて、お願い！

私の手が動く。女の肌を切り裂いていく。奈央の美しい白い肌、汚れを知らない透き通った瞳、ピンク色の唇……。

絶叫が続く。

私の唇が、ぴくぴくと震える。口角が微かに上がっていく。

目の前が真っ赤に染まった。

気づくと女の顔が青ざめていた。

私は快感に打たれ、口を半開きにして放心していた。良かった。これまでで一番、良かった。余韻とけだるさにため息をつく。磔台を血が流れ、床に池を作っている。ひどい姿になり果てた女は微かに痙攣していた。もう、その姿は奈央ではなかった。女は濁った目で私を見つめ、低い声で言った。

地獄に落ちろ。

私は、天井を見上げた。なぜか涙が溢れて、止まらなかった。


「ただいま！　お父さんだよ」

私は、扉を開いてそう叫んだ。

「お帰りなさい」

二階から声が聞こえてくる。少し遅れて、「おかえりなさーい」と可愛らしい奈央の声もした。

「お父さん、早く上がっておいでよー」

「うん、ちょっと待っててね」

微笑みながら、私は玄関で靴を脱ぎ、そのまますぐ横の書斎に入って鍵をかけた。

ノックの音がした。

「祐介さん、先にご飯にする？　準備はできてるけど」

扉の向こうから、妻の声が聞こえてくる。私は落ち着き払って答えた。

「まずはシャワーを浴びるよ。奈央がお腹を空かせているようだったら、先に食べてもらって構わないから」

「はいはい、了解。ゆっくりどうぞ」

足音は遠ざかり、階段を上っていく。

気配がすっかり消えたのを確かめてから、私は書斎を出て浴室に続く脱衣所に入った。服を脱ぎ、眼鏡と腕時計も外して籠に置く。持ち帰ったナイフだけを携えて、私は浴槽に身を浸す。温かい。だが、体の震えが止まらない。ますますひどくなる。

ナイフをしばらく見つめた。唇が紫色に染まり、憔悴した様子の男が映っている。

目を閉じ、深い息を吐いてから、私はそっと刃を手首に押し当てた。

須賀谷祐介（すがや・ゆうすけ）

自殺者。遺書は残されていないが、家族の証言などから、多忙や仕事上のトラブルが原因と推測されている。別邸を借りていた、仕事と偽って休みを取っていた、といった事実が明らかになっている。ただし、自殺前に別邸の契約は解除している。不動産会社によると、綺麗に清掃されていてクリーニングの必要がほとんどなかったという。そういった点からも真面目で几帳面だが、ストレスを蓄積しやすい性格がうかがえる。

いかがでしたか。

とりあえず、以上になります。

ですが、殺人者の記録はまだまだあるのです。こんなものは、ごく一部に過ぎませんから。あなたさえよろしければ、いくらでもお持ちしますよ。

読めば読むほど、理解は深まります。

その分だけ、あなたは確実に安全な立場になるでしょう。

しかし、全てを理解するのは不可能だと言わざるを得ません。

一人として、同じ殺人者はいないからです。みなそれぞれの人生があり、それぞれの理由で殺しています。殺人者という入り口は一つでも、扉を開けると無限の世界が広がっているのですよ。

その奥の深さに、私は時々目眩を覚えます。

もう随分調べてきたはずなのに、まだこんな世界があったかと。そして少し、胸が高鳴るのです。次はどんな世界を見せてくれるのかと。

そうですね。正直に言いましょう。

私は、殺人者に魅了されているかもしれません。

もちろん不謹慎なことであり、胸を張って公の場で言うつもりはないですよ。殺人を美化するつもりも、毛頭ありません。しかし、何やら彼らの生き様に、胸打たれるのもまた事実なのです。

どこか、鮮やかと言いますか。

変な表現ですが、普通の人よりも、人間らしく思えると言いますか。

彼らの暴力や妄執を見るたび、ずっと昔、どこかに置き忘れてきた物を見るような懐かしさすら覚えるのです。そんな時、私は思います。人は殺人者になるのではない。殺人者だった自分を取り戻すのではないかと。

おかしな話です。

殺すのも殺されるのも恐ろしいと思っているのに。平和な世の中が何よりありがたいと感じているのに。心の奥底で、うずくものがある。油断すると、噴き上がってきそうなものがある……。

そうして私はまた、喜々として殺人者の記録を集めるのでしょう。

私は異常かもしれませんね。

ですがこの気持ち、あなたならわかってくれるのではありませんか。ここまで読んでくれた、あなたなら。

では、また機会があればお会いしましょう。

本作は書き下ろしです。
本作品はフィクションです。実際の人物や団体、地域とは一切関係ありません。

TO文庫

ある殺人鬼の独白

2022年5月2日　第1刷発行

著　者　二宮敦人

発行者　本田武市

発行所　TOブックス
〒150-0002 東京都渋谷区渋谷三丁目1番1号
ＰＭＯ渋谷Ⅱ　11階
電話 0120-933-772(営業フリーダイヤル)
FAX 050-3156-0508

フォーマットデザイン　金澤浩二
本文データ製作　TOブックスデザイン室
印刷・製本　中央精版印刷株式会社

Printed in Japan ISBN978-4-86699-509-0